The Light of the World

那世上的光

Elizabeth Alexander

[美]伊丽莎白　亚历山大　著

桑婪　译

广西师范大学出版社
·桂林·

小阅读·文艺

献给所罗门和西蒙
他们走着他们父亲的路

光明的人有光在里面，
照亮整个世界；
倘若不能发光，
就是黑暗。
——《多马福音》

"美人啊，你是世界之光！"
—— 德里克·沃尔科特，《世界之光》

"……那光在这世上坚持自我"
—— 露西尔·克利夫顿，《降临于露西尔·克利夫顿的光》

目 录

I

"地球上的最后一夜"

一

这个故事似乎始于不幸，但事实上它开始得更早，也并非悲剧，相反地，它是一个爱情故事。也许悲剧仅是爱之悲剧，它赋予失去意义。没有爱，就感觉不到失去。"王后死去，然后国王也死去"是一个情节，爱德华·摩根·福斯特在《小说的艺术》中写道，而"王后死去，然后国王也因悲伤而死去"却是一个故事。

它始于四月一个美丽的早晨，一个男人醒来，精疲力竭，于是又回到他深爱的十三岁儿子的矮床上睡觉，并声称："这是我睡过的最舒适的床！"或始于几小时后妻子跟他告别，她款款走至车前，于相互分离之际，给了他一个飞吻。

或者故事始于他在大提包中塞入一个保温瓶，装着他惯常喝的用意大利炉上式摩卡壶煮的浓咖啡，一个更大的冷水真空瓶，两个橘子，一包纳特·舍曼MCD香烟和一塑料袋生杏仁。提包是星蓝色的，印有乔托的天使。他去画室画一整天画，然后回家——仿佛没发生什么特别的事，而事实上他一直在想象世界——将乔托包挂在寄存室的钩子上，在家庭娱乐室将他溅满颜料的牛仔裤换成运动短裤和 T 恤来练瑜伽，或在地下室的跑步机上跑步。

很快两个孩子会从公交站走向埃奇希尔路，仿佛背包下的驴子，他的妻子则会一边准备饭菜，一边听塞隆尼斯·蒙克那令人回味的开放式幕间休息，抿着一杯他打开并替她倒好的白葡萄酒。"我的冰白葡萄酒呢？"她一个礼拜会问好几次，而他会轻声笑着说："马上，亲爱的。快，快。"他们喜欢游戏，表演男孩女孩间的礼让。十三岁的孩子做家庭作业，十二岁的练鼓。这个男人的家庭生活永远美好，所以每天任何事都可能在画室发生。

我就是那妻子，那做了十五年的妻子，丰腴美丽，怀着爱意，一位聪慧的美国妻子。我将永远是他的妻子。

也许故事始于他死前两天买的三十多张彩票，我几周后发现了这些彩票，它们从他正在读的许多书中的一本里飘出来。

或始于庆祝他五十岁生日的惊喜派对，那是他死前四天。以及他爱的人们所说的颂词，草莓和薄饼，次日早晨的音乐。

或始于我遇见他时，那是十六年前。那总是一个精彩的故事：一次真实的 coup de foudre[1]，一道闪电，一见钟情。我感到一阵来自肺腑的转动，我会告诉人们，我身体的某个部位在剧烈搅动：不是悸动，也不是刺激；相反地，是一种并非令人不愉快的内部的旋转，这之前从没有过。被闪电击中，但并不使奶油凝结，相反地，它将奶油变成甜甜的、丝绸般的黄油。闪电将沙子变成玻璃。

故事始于1961年冬，那时两个安静而强大的女人各自怀孕，一个在厄立特里亚的阿斯马拉，另一个在美国的哈勒姆；一个怀着她的第六个孩子，另一个怀着她的第一个孩子。

东非的儿子将在1962年3月21日出生，黄道带上最神圣的日子。它是占星日历的开端与结束，所以据说生于3月21日的孩子是古老的灵魂，他们拥有新生儿的惊奇和天真。

那个美国孩子，一个女孩，会在5月30日出生，在双子座的唠叨和叽叽喳喳声中，在傻子村[2]出生。

---

1 法语，有"晴天霹雳、一见钟情"之意。
2 傻子村，纽约市的绰号。

二

　　当菲克雷·盖布雷耶苏斯和我在1996年暮春相遇于纽黑文时，他想做的第一件事就是向我展示他的艺术作品。他那时住在府州街218号的纽黑文收银机公司大楼，在一间未完工的阁楼里睡觉和画画，别的时间在阿杜利斯餐馆的厨房里做他的厄立特里亚梦幻大餐，他同他的哥哥吉迪恩和萨勒共同经营这家餐馆。餐馆的名字致敬了阿杜利斯，它是红海上一座古老的港口城市，现在是考古发掘现场，是非洲伟大的"失落的城市"之一。老普林尼是最先提到阿杜利斯的作家，称它为"自由人之城"。

　　那些日子里菲克雷常常整晚掌厨，打烊后在那间阁楼画画至黎明，阁楼里有回收的斯坦威钢琴，一个他从歇业的梅西店里沿街推过来的衣架，作为他为数不多的衣服的衣橱，以及前一位居住者在那扇沉重的金属门上留下的潦草涂鸦，上面写着"福斯特·坎德尼斯"。

到处都是画，大部分是大张的黑色油画布，边角处闪耀着生命之光。这些画透露出他深爱的家乡战时的感觉——厄立特里亚独立战争在他出生前不久爆发——充满无法被压抑或熄灭的坚定的人性之光。他向我展示具有浓烈色彩的蜡笔画，色彩上仿效厄立特里亚纺织品和编织物以及马蒂斯的鲜明大胆。这里也有油毡浮雕图案和单色版画，是他和老师鲍勃·布莱克本在版画复制工坊制作的，还有他在艺术学生联盟学习时创作的画，师从约瑟夫·斯特普尔顿——最后一批从事教学的抽象表现主义画家之一。菲克雷是在纽约时创作这种艺术的，那时他主要充当年轻人的领袖和厄立特里亚问题的激进活动家。这里还有系列作品及照片——其中一些将于当年夏天在美国国会的一幢办公大楼展出——它们以浓烈的绘画色彩讲述了厄立特里亚和那里适应能力惊人的人们的故事。

菲克雷在向我展示他的画作时聊起他的家庭：他已故的父亲特赛马·盖布雷耶苏斯是一位正直的法官，以至于当他拒绝篡改他的司法判决来满足独裁者和他的下属时，他被流放到离家几百英里的地方。他坚持许多礼节和习俗，菲克雷说，但也爱他的孩子们———共七个，其中凯贝德死于战争，菲克雷是第六个孩子——当所有人结束工作和学习后回家吃午餐时，他会爬到父亲身上大笑。

他的母亲，泽梅美什·贝尔赫也曾引导这艘家庭之船驶过战争的变幻莫测。她来自一个有着众多姐妹和一个兄弟的家庭，是受人尊敬的、坚强的科普特基督教山地人，这些人从不让孩子们远离他们身边，直到战争将他们分散，并夺去其中一些孩子的生命。泽梅美什妈妈得了帕金森病，第一天他就告诉我了，而他所有的兄弟姐妹——塔杜、梅赫雷特、萨拉、吉迪恩和萨勒，那时在亚迪斯亚贝巴、内罗毕和纽黑文——都非常爱她，她在他们的一个个家庭星座中来回移居。他们的语言是提格里尼亚语，一种源自古代南闪米特语支吉兹语的亚非语，厄立特里亚及其移民说这种语言。他的全名，菲克雷马里安·盖布雷耶苏斯，意为"玛丽的情人"和"耶稣的仆人"。人们称呼他缩写名"菲克雷"，意为"爱"。

我们的爱情在一瞬间开始，并在意料中进展。当长子所罗门·凯贝德·盖布雷耶苏斯 1988 年 4 月出生时，我们搬去了纽黑文的利文斯顿 45 街。菲克雷继续在阿杜利斯创作和烹饪。食品作家和传统报社记者 R.W. 阿普尔参观了这家餐馆，并在品尝了菲克雷的厨艺后在他发表于《纽约时报》的文章《走出非洲，进入纽黑文的烹饪之旅》中问道：

"这一切都是真实的吗？"

"'真实的'是一个微妙的词，"菲克雷答道，"微妙的理念。当今食物理念在世界上传播得非常快，如果你去厄立特里亚，你会发现到处都是美国烹饪技艺。成千上万的厄立特里亚人生活在美国，当他们回家，他们就带回新的食物理念。对我们而言，那和曾经的意大利面食一样，都不陌生。"

　　阿杜利斯是一个聚集之地，人们在这里品尝他们从未想象过的食物，了解他们大部分人从未听说过的某国的文化和历史。菲克雷创造了著名的菜肴，比如巴尔卡虾，这在厄立特里亚任何地方都是不存在的，相反地，这是充满创意的想象。从圣·拉斐尔教堂回来和在耶鲁－纽黑文医院生产后的女人们都点名要享用它；人们说他们梦见了它，一种与众不同的仙食。你可以这样制作它：

巴尔卡虾

时间：30 分钟

分量：4 人

原料

4 大汤匙橄榄油

3 个中等大小红洋葱，切成薄片

4 到 6 瓣蒜，切碎

5 个熟透多汁的番茄，剁成大块

盐和刚磨碎的黑胡椒粉适量

半杯剁碎的新鲜罗勒（1 束）

15 颗去核海枣（半杯），交叉切成 3 块

3 大汤匙未加糖的碎椰肉半杯，对半分

1 磅中等大小的虾（16 到 20 只），去壳去肠

2/3 杯磨碎的巴尔玛干酪

两半杯煮熟的印度香米

操作指南

1. 用中火将橄榄油在大锅中加热。

   加入洋葱，翻炒至发蔫，大约 10 分钟。

   加入蒜，继续翻炒，频繁搅动以免粘锅，持续两
   分钟。拌入番茄、盐和胡椒。盖上锅，再煮大约
   5 分钟。

2. 加入罗勒、海枣和椰肉，将火调至中小火。烹煮，
   不盖锅，偶尔搅动，持续 5 分钟。加入对半分的
   佐料，盖上锅，再煮 3 分钟。

3. 在酱汁中加入虾。烹煮，盖上锅，直至虾肉变成
   粉红，大约 5 分钟。拌入奶酪，然后拌入米饭，
   然后就可以立即端上桌了。

在菲克雷去餐馆前的早晨，他在我们房子后面的一间车库画室画画。在那里，他的实践和色彩发生了变化。他更完全地沉浸在他那出色的抽象空间；人物、风景及圣像可以辨认，但并非严格的具象派。他以这幅画申请耶鲁艺术学院并被录取。

菲克雷在艺术学院的时间就像一个混杂的袋子。他是"成年人"，一如既往地特别乐于学习，但也不是一个可塑的孩子。他是一位受人尊敬的城里的专家，那时，在1999年，西蒙·亚历山大·盖布雷耶苏斯降生后他也是两个孩子的父亲。他那独特的非洲移民美学有时会被老师误读——"你的非洲色彩在哪里呢？"其中一名老师问道（这令我们窃笑），也许是指红色、黑色和绿色相搭配的缺失。但他做理查德·莱特尔的助教时有很棒的经历，理查德几十年来一直以他的朋友兼导师、画家兼色彩理论家的约瑟夫·阿伯斯的方式教授"色彩"这门课。另外还有来自萨姆·梅瑟的强烈而真诚的鼓励，他是一名布鲁克林艺术家，以他与作家的合作闻名。

菲克雷喜欢在纽黑文户外的新英格兰树木和工业废墟的混合隐喻风景中远足绘画。他在概念论者梅尔·博克纳的课堂上创作出一些基于文字的迷人作品。然而，最重要的是，有一些艺术家来参观这所学校。友善而健谈的画家埃米·西尔曼参观了他的画室，他对颜色的运用和对抽象的投入对菲克雷来说极富力量。阿德里安·派珀和马丁·普里尔在他的工作室的日子是他研究生时光中最美好的部分。他尊敬每一位艺术家，将他们当成真正的大师，他还和他的同学们一起安排那些造访。派珀和普里尔向他提出的一些深入问题将他的实践带入另一级水准，尽管他的作品看起来不像他们俩的任何一个。尤其令他高兴的是，派珀在拜访他的画室期间练习了瑜伽倒立，因为那时他正开始他挚爱的瑜伽练习。他深深在意人们能够平静往来，因为他自己就是一个极其平静而热爱宁静的人，这是在战争的严酷考验中锻造出来的。

对于他的艺术作品，菲克雷是羞怯的，他不是一名健谈者。他喜欢画室里有某些访客，但并不将画出售给市场。许多艺术界进进出出的朋友力劝他展览和销售，并且简直是求着买他的画作和照片。他从没有完全准备好，大部分时候他说，还没有完成，还在完善。这让我抓狂，因为我强烈地相信他所创造的美和力量，并希望他能够有与他的才能和作品相称的艺术生涯。"当我死去后人们会知道这件作品，亲爱的。"他会这样说。他大笑着这样说，一脸认真。我并非暗示他认为他会过早地离开这片土地，但我的确认为他对艺术永恒的力量有信心，他也清楚地知道哪些需要他并且只要他一人去完成。他明白艺术永恒，而生命短暂，无论你何时死去。

三

故事始于一个星期四的晚上。我带了一位客人回家住，是那天下午在校园演讲的艺术家朋友。饭后我带她去她的旅馆时，发现那是在城镇一个偏远而无人居住的角落，所以我提出带她去我们的客房睡。她高兴地接受了，我打电话给菲克雷：得让他知道客人来临。

当洛娜和我十分钟后到家时，屋子亮着灯。水壶是热的，茶在黑色的日本铸铁罐中泡着。菲克雷在往一个青瓷小碗中装入生杏仁。天晚了，孩子们正在睡觉。

我们很高兴能像这样生活，有条理、开放并且欢迎路过的朋友。我们可以带他们去哈姆登，一个靠近纽黑文的村庄，我们近来搬进那里一幢棕褐色、灰泥工艺品风格的房子，周围环绕着奇妙的花园。哈姆登是我第一次住的郊区，尽管它非常城市化。哈姆登使菲克雷记起他深爱的非洲的"大院"，他在那儿的花丛中长大，他的母亲在墙内画杏树、春天蓝色的天空、紫玫瑰以及金灿灿的黄油。

第二天早晨，我安排孩子们去上学，送他们离开，在我们的朋友起来后不久，菲克雷煮好咖啡。我们三人在露台上喝热牛奶咖啡，他曾以他魂牵梦绕的母亲的纱裙和披肩镶边的柔和色彩描绘露台。有人可能会认为这些色彩简单淡雅，或像莫奈的睡莲，但它们来自非洲，来自他的母亲。露台中悬挂着一个他用一些弯曲的细树枝做的风铃，树枝是一场暴风雨后被吹落到院子里的。风铃在微风中轻轻旋转。早晨天气阴沉，在院子里可以闻到早春清新、潮湿的泥土味儿。

当我们走向屋子，有个东西让我们越过肩膀回头看向院子。我们那棵百岁老橡树的树枝上站着一只大鹰，正撕开一只松鼠的内脏，狼吞虎咽地吃着。

我们看到这个，吓呆了。这只猛禽的注意力完全集中于它的工作。我看到菲克雷和洛娜仔细察看着，艺术家的眼睛忠实地记录他们所见的。那只鹰专心于自己的事，未受惊扰，贪婪地拿走它想要的。松鼠血淋淋的内脏带子般挂在树枝上，而鹰在大约五分钟内就吃掉了这只倒霉的啮齿动物整个余下的部分。

菲克雷告诉我们他昨天见过这只鸟，跟孩子们一块儿，并向我们展示了他手机录的这只动物在同一根树枝上吃另一只松鼠的短视频。我有几次看到过鹰，但它并非这般专注于自己的生存，我从未近距离看见进行中的掠夺行为。这单纯而猛烈、不可避免的暴力引人入胜，本身就是天性。在必须离开去尽日常职责之前，我们尽可能长久地观看。

　　几星期后，在菲克雷的书桌上，我找到他写的一首藏头诗，详尽讨论了"鹰"这个词的变体。他给字母指派了数字又用那些数字编排出彩票，我后来发现他买了几十张藏在他读的书页中。

四

菲克雷生于东非的阿斯马拉，厄立特里亚的首府——与埃塞俄比亚进行了长达三十年的独立战争。故事从那里开始。在漫长的战争年代，几乎每个家庭都失去了一个孩子。菲克雷最大的哥哥凯贝德总是被描述为"一位为自由而战死沙场的战士"。独裁者门格斯图·海尔·马里安引发的军事冲突夺去了厄立特里亚和埃塞俄比亚大量年轻人的生命——根据国际特赦组织最终统计，是五十万——多年以后，他在缺席的情况下被判犯有种族灭绝罪，但在津巴布韦的罗伯特·穆加贝的保护下被流放。

菲克雷父母的勇敢在那些年里不断得到证实。当孩子们藏在卧室时，他们战胜了破门而入的士兵，当菲克雷十几岁时，他的母亲从他前去应募的前线将他找回并迅速安排他离开这个国家。所以十六岁时，菲克雷是一个难民，开始在苏丹，然后去了意大利，再是德国，最终在十九岁时到达美国纽约的圣何塞，将近三十年的时间里，待在康涅狄格州的纽黑文，这个也许看起来最不可能的地方。

在他来这个国家之前，他受到美国黑人修辞的影响，早期他热衷的文化符号是安杰拉·戴维斯发亮的非洲式发型，以及思想家诸如马丁尼肯·弗朗茨·法农一类。从萨姆·库克到詹姆斯·布朗的黑人灵魂乐、费拉·库蒂的非洲打击乐及鲍勃·马利的雷鬼音乐在他头脑中翻滚。因此文化上他是全球移民主义者，用他的话说，一名"有意识的调和论者"。他自豪而坚定地认为自己是一名厄立特里亚人、东非人和非洲人。同时，对于成为一名厄立特里亚裔美国黑人，他也毫不含糊。

在 2000 年的一次艺术家报告中，菲克雷讲述了他的故事，描述了自己和影响他创作的东西：

"十年前我才开始画画，但我怀疑某种意义上我终生都在做这件事。当我开始画画，我只是画。我从未感到更为强烈的驱使。从我心中流出的画非常痛苦而又直接。它们出自我因独立战争而成为一名年轻难民所忍受的痛苦、压迫以及后来的精神困境……绘画是一种奇迹，是最终的反抗行为，我通过它来祛除痛苦，恢复我的存在感。它是我道德的罗盘和我对生活的热爱。"

他的报告继续：

"阿斯马拉是一座位于海平面八千英尺之上的美丽城市，由意大利殖民主义者在世纪之交规划和设计。除了建筑学、图像学和宣传艺术的冲突，那里还有独特的、显而易见的死亡美学：苏联坦克隆隆驶过街道，战斗机在空中扫射，穿着制服的致命的士兵在街上搜寻。那是一幅中世纪的地狱图景。政府赞助的杀人小队对任何厄立特里亚公民有'紧急权力'。我怀疑至今我的内心仍带着这焦虑和对即将爆炸的恐惧，因为当我画画时，伴随我的是不和谐、切分音，还有最终存活下去的意愿和善良的道德秩序。"

纽约对他影响极大，就像之前和之后的许多艺术家一样。艺术学生联盟的约瑟夫·斯特普尔顿连接着抽象表现主义和联盟中流行的社会现实主义历史。他还在"五点画廊"工作过一段时间，在那里，他愈加熟悉了黑尔·伍德拉夫的作品和伍德拉夫的同辈们伟大的传统，比如查尔斯·奥尔斯顿和罗马勒·比尔登。

从 1966 年开始，伴随着在工作中开发和创造的食谱及阿杜利斯餐馆的气氛，菲克雷的作品在主色调和主题上经历了巨大转变，进入一个技艺高超的抽象化时期。他描述了厄立特里亚对他审美的文化影响："这类似于一段去市场的旅程，这个市场提供大量令人眼花缭乱、一代又一代重复的传统工艺品，它们不干涉同时也独立于宗教功能。我母亲村庄附近洞穴的岩石充满史前素描和绘画。我的双眼记住这一切；我的绘画使我最终得以处理那看似不和谐的视觉信息。"

他永远是一名艺术家，但就作为一名艺术家谋生而言，他还仍处在发展之中。"然而，画家作为个人，可以不隶属于教堂或清真寺，这被平民和政府认可。厄立特里亚对我们来说是一个相对新的概念——不过四十年的时间。当我在纽黑文的画室画画时，离家大约五千英里，我发现自己仍对这种现实做出反应。我的标准经验避免不了厄立特里亚。当它现身时，我不得不回应，并为那刺激和影响力做出解释，这种开放的姿态使我易于因之受伤，毕竟我生活在当下。当有空闲时，我可以精选出那些目前为止一直在影响我的几种力量：比如疯狂即兴爵士乐、现代爵士乐（尤其是塞隆尼斯·蒙克和查尔斯·明格斯）、非洲移民的复合节奏，以及我在博物馆花费时间欣赏的大量绘画。我不断重新诠释我早期在厄立特里亚的标准经验，其中一个表现就是我作为厨师的工作，我在其中发现自己将跨文化在菜肴中合为一体。我成为一名有意识的融合者。我靠烹饪谋生，但我也能制造一种创造性的经验，这事实上补充了我的绘画哲学。"

在他的作品中也有地图、地形学、非洲和欧洲地理学研究的影响，以及非洲人对地图变迁和外部强加的边界的认识，这些都造成了如此多的痛苦和混乱。

与他对书籍的热爱和无法满足的好奇心有关的是他和语言之间的联系。他能熟练地说七种现用语言——提格里尼亚语、阿姆哈拉语、意大利语、英语、阿拉伯语、德语和西班牙语。他还会用其他很多语言说"你好"和"谢谢"（他曾说："除了'谢谢'，还有什么在一种语言中更重要呢？"），并且在自学中文和法语。他对语言的掌握是殖民主义政治和流放留下的印记，厄立特里亚曾有一段时间是意大利殖民地。他从意大利修女那里得到了美好的早期教育，那是他进行广泛研究的语言。阿姆哈拉语在一段漫长而令人担忧的时间里也是一种殖民语言。西班牙语来自长年的餐馆工作，和厨房里一起工作的人们直接的交流。但他和语言的关系也说明了他对他人的尊重、他作为地球居民而相互关联的感觉，为此他持续带着好奇心去学习融合不同的思考方式及在世界上存在的方式。他是一名世界语提倡者，他深深理解语言即认识论和人类的桥梁。

菲克雷还将语言同视觉表达联系起来。"讲故事在东非是很自然的事，在那里主流文化是通过口头方式代代相传的，"他写道，"许多厄立特里亚人仍是文盲，视觉交流文化体现在科普特东正教教堂正面和内部，处处是圣人、天使的壁画和镶嵌图案。清真寺内部和外部同样有大量的伊斯兰教传统形象。伴随着这两种古老的存在，我在首都阿斯马拉成长的那些年里是战争时期壁画大小的马克思、恩格斯、列宁、斯大林的肖像，以及——取决于他是否受支持——毛主席，还有埃塞俄比亚独裁者门格斯图·海尔·马里亚姆上校的肖像。"

　　菲克雷梦想有一天在和平的厄立特里亚开一所艺术学校。"在目前生活和工作于战后的厄立特里亚的少数画家中，大部分都降格去进行美术实践的社会／现实主义观点的说教表演，他们没有通过为自己说话来鼓动观赏者批判性参与，相反地，他们继续以预设的需求和解决方法谈论着一个预设的社会。鉴于此种背景，我梦想的学校会关注自我的探索和表达，我相信它将由此诞育出治愈与和平。"

五

　　第二天是星期五。家族中有些坏消息，菲克雷和我一直在谈论是否、何时以及如何告知我们的孩子们。所罗¹很快十四岁了，西蒙十二岁。放学后我们在餐桌旁跟他们谈话，所有重要的谈话都在这里发生。听到一位亲人的不幸，他们哭了，我们一起回答了他们的问题，然后我开车送他们去篮球场训练，我们像平常那样在平稳的驾驶中进行了直白的事后分析。当我们开进体育馆的停车场时，孩子们的眼泪干了，似乎懂得了他们需要懂得的一切。训练后回家的路上，我们谈起了即将来临的事情：他们为父亲计划的五十岁生日惊喜派对，这将在第二天举行。

　　星期六，我和孩子们忙忙碌碌、迫不及待，但仍试

1　"所罗门"的简称。

图像往常一样处理杂事，而私人邮件和电话不断到来，连最后一分钟都充满了细枝末节和混乱不堪。我的弟弟在布里奇波特的面包店停好车去拿蛋糕，发现面包店关门了。一位来自纽约的朋友在市中心一家咖啡馆等着，直到海岸安全。暴风雨即将来临，一位来自波士顿的朋友不确定她能否安全上路。最后菲克雷和孩子们离开屋子，带他们去看《饥饿游戏》。

我跑来跑去地收拾。几小时后，朋友们开始抵达，我打扮一新，头晕目眩。所罗、西蒙和我确保了一次纽黑文聚会款待，归功于一辆带有做披萨的砖炉的绿色大卡车，一车队的装饰，加上沙拉、冰激凌和蒸馏咖啡。做披萨的人知道这个秘密，所以将卡车停在视线之外的屋旁。

所罗在路上接连发来短信："我们正离开市中心。我们出停车场了。我们在惠特尼大街。"每个人都聚集在图书馆里，沙沙而语，咯咯笑着，直到我们听见门里菲克雷的钥匙声。Surprise！当他走向我们每个人时，快乐满面，是你！你也来了！还有你！我们大笑着交谈，一起吃喝，一起跳舞。在客厅，他和埃米，他称她为他的意大利姐妹，像他们经常那样，互相久久地用力摩擦肩膀；当她从他肩上擦去不安，他闭着眼，脸上极其满足。我后来问埃米那天晚上她对菲克雷是什么感觉，她说："他完全贴服于我的双手。我从未感觉到有人如此放松。"

那晚，他脸上带着微笑入睡。我轻轻戳他，以为他醒着，在假装睡觉逗我开心，或仍在入睡，头脑里在回忆这个晚上。但他睡得如此之熟，如同塞内加尔诗人利奥波德·塞达尔·桑戈尔在他的诗《去纽约》中所写的"一场深深的、黑人的睡眠"。

我的弟弟马克、他的妻子特拉西、我们的侄子和侄女卡尔文、玛雅，以及我的密友阿朗德拉和我们一起睡在屋子里。早上是星期天，菲克雷照旧第一个起来，我去了阿朗德拉床上，躺进被窝聊天，然后马克进来坐在床尾，我们重温了聚会所有美妙的细节。"哥哥！吃这个！"马克说当每块披萨从炉子里出来时，菲克雷一直在惊叫：烤红胡椒和甜香肠；新鲜番茄、大蒜和罗勒；羊奶酪、无花果和焦糖洋葱。他们俩喜欢一起说意大利语。我告诉马克和阿朗德拉，他是怎样脸上挂着微笑入睡。他们听后感到十分好笑。

那天晚上，菲克雷遇到一些紧急的事：他告诉我他得马上离开屋子。他得去买张彩票；他有一个数字和一种预感。他很激动，如此地确信他的数字会中奖，并且是大奖。我温柔地告诉他他有些可笑，不如我们去吃饭吧，但他跳进车径直而去，回来后带着我后来发现的一堆彩票。"我必须为你而中奖，"他说，"我必须为你而中彩。"

第二天是星期一，他仍然不大对劲，头脑中盘旋着一些事情。我说，我们为何不在家吃午饭呢。吃，吃是我对待大部分不幸的解决方法。他从不在画室吃午饭；也许他只是需要吃点东西，我想。当我们见面时，他仍然深陷于他那古怪、烦躁不安的情绪。我捶着他的胸脯说道："尽管说出来！"他看起来如释重负，"我感觉好些了。"他说，然后我们在后院吃了蔬菜沙拉和烤鸡，院中凉爽清新。他的头脑似乎很清醒。我们各自返回工作。

当他回家时看起来很累，但我催促他继续他的计划，去买"波隆纳肉酱"的配菜，用来准备他那漂亮的烤宽面条，因为这周日复活节就要来临。我们组织家族聚会，家人来自我们独有的非洲移民的各个地方：肯尼亚的内罗毕、加利福尼亚州的奥克兰、苏格兰的阿伯丁、瑞士的日内瓦、法国的蒙彼利埃、英国伦敦、新泽西州的蒙特克莱、华盛顿和纽约。

菲克雷将这些放入他的波隆纳肉酱：

意大利腌肉丁

熟意大利熏火腿丁

牛犊肉馅

绞牛肉酱

新鲜墨角兰

胡萝卜

洋葱

芹菜

全脂奶

无蒜

番茄

　　他制作酱汁，冷却，然后冷藏。我们都很快入睡，将这天的古怪留在身后。

　　次日是星期二，整晚我都得在大学给我的学生播放查尔斯·博内特的电影。其中一部是《下雨的时候》，一部我一直喜欢的短片，我和菲克雷恋爱初期一起在芝加哥看了这部电影。它是一部寓言，场景位于西非移民散居的另一个地方，洛杉矶的莱默特公园。一位说唱家同时也是社区智者对一个拖欠房租的女人施以援手。轻盈的非洲鼓贯穿整部电影，最终一张价值不可估量的、鲜为人知的爵士乐唱片解决了这个女人的困境。菲克雷喜欢这部电影中他称为"非洲性"的东西，它展现了充满非洲主义的都市化美国乡村，表达了对简单的解决方法、善行和非洲艺术（在这里是爵士乐）的治愈力量的信仰。

我回家很晚。孩子们都睡了，菲克雷坐在沙发上看电视，等我，昏昏欲睡，但他想知道发生的一切。我精疲力竭，但我们享受回顾那美妙的电影。

他向所罗承诺过他可以在外过夜。他和孩子们相处亲密，并且珍惜彼此的亲近。他和我亲了亲彼此。他去所罗的矮床，我则去我们的床，我们在大厅里互道晚安。多美好啊，孩子们那样深深而安详地入睡，他们父母的声音也无法唤醒他们。

整个家庭睡着了，房屋寂静。

第二天早上菲克雷醒来，精疲力竭，但很开心。"这是我睡过的最舒服的床！"他说。

"那就多睡一会儿吧，"我轻声说，并推迟了离家时间，磨蹭着，这样我们就可以待在一起。

当他再次醒来，他感觉好多了。我们一边喝咖啡，一边聊天，正如那无数个早晨。他开车送我去上班。我听说校园里有一场卡巴拉圣诗最新译本的读诗会，但那时我该接孩子们放学，去看正齿医生。

"你得听一听卡巴拉圣诗！"菲克雷对我说，"你是一名艺术家，你需要它——我会带孩子们去看正齿医生！"

我说对。还有谢谢。

我爱你，我说。

我爱你，他答。

愿你有美好的一天，再见，再见，我们说。

我们已有多少次分别并说出这些话？

六

　　四点，我去了卡巴拉圣诗阅读交谈会，同诗人译者彼得·科尔和校园拉比[1]、常驻智者詹姆斯·波内特一起。房间挤满了人；那回响和酣畅的语言于我而言庄严而真实，尽管它们含义神秘。

敬仰之窗

召唤之窗

哭泣之窗

欢乐之窗

满足之窗

饥饿之窗

赤贫之窗

1　犹太智者，校园牧师。

财富之窗

和平之窗

战争之窗

方位之窗

诞生之窗

他看到——

数不清、无尽的窗

节目进行得如此之长，于是我偷偷溜回家，如我承诺的那样。

傍晚的光燃烧着、闪耀着。早前，我已经给菲克雷打电话确认，他记得去买我晚饭计划的鲑鱼、烤土豆和炒西兰花。几个月后，当我能受得了去鱼市时，我们的鱼贩告诉我菲克雷那天像平常一样高兴，当兰斯多切给他一块额外好的鱼肉时，他用西班牙语跟穿黑衣服的小伙子们开玩笑。曾经他是一名厨师，就永远是厨师，带着独特的谦恭。

下了公交车，我沿着埃奇希尔路走向房子。透过卧室窗户的瞭望点，西蒙看见我走近，于是跑下楼到门口。"大所罗门复活节不来了！"他叫道，"索洛姆得了水痘！"来自移民家庭的消息：法国蒙彼利埃一位令人钦佩的老堂兄不会按计划跟我们一起过节了，因为他三岁的女儿得了传染病。我进屋叫我的丈夫，正如我无数次那样叫他——成百上千次？——声音中带着微笑，"菲——基——！""我会找到他！"西蒙唱道。随后我会观看孩子们观察那只贪婪的鹰那天前后录的录像，也听见西蒙嗓音中轻轻叮当响着的铃声，我想，那个四月他真年轻。

然后西蒙尖叫起来。我跑下楼看见菲克雷倒在地上，跑步机还在转动。他头皮脱落的地方有一道擦伤。我想，跑步机设置得太快了；他摔倒了，撞到了头。的确如此。我想，他将有一次严重的脑震荡。他旁边有一小滩黄色液体。奇怪的是，我没有看见血。几个月后，所罗从学校回来说：我知道那黄色液体是什么，是血浆。血液分为红色和黄色，血浆和蛋白，他告诉我。

我告诉西蒙："去，打电话，叫你哥哥，打911，给我拿电话来。"然后我独自跟菲克雷在一起。他的双眼直直地看着我。他如此温暖；他体温正常。他的半边脸在我看来非常松弛，所以我又想，他中风了，而这比脑震荡更糟，但他会康复的。我从未想到他的心脏。

两个孩子都出现了，拿着电话；没有时间来驱除他们的恐慌。"911，"我跟接线员说。我感到自己极其沉着、冷静和镇定，但她说："让我跟孩子们说话，夫人。你需要冷静下来。让孩子们接电话。"

我告诉孩子们："上楼去，等救护车，他们来了就快点将他们带下去。"

我再次独自与菲克雷在一起。就我们两个人。我对他说话，轻声、急迫而又温柔。我小心地抱着他，试图用我的话和触摸唤醒他。我向他温暖的嘴巴吹气。我没有试图抬起他，以防他的脊柱受伤。我肯定他能听见我。

一位年轻妇女来到我的地下室，我从未见过她。"我是一名注册护士。我经过你的屋子看到你的儿子们在外面，他们告诉我发生了什么。让我来帮忙吧。"这是一位天使。她接手做心肺复苏，同时再次拨打911回答他们的问题。我听不见她的回答。当护理人员来时她在那里。当他们将我挪到一旁接替我时，我看向她，想知道是否应该让他们这样，她点点头。她现在是我的向导。紧挨着我的邻居斯特凡尼在门厅里。我打电话给我们的朋友特蕾西，她就住在拐角处，我告诉她菲克雷得去医院，我需要她跟孩子们待在一起。

护理人员告诉我，我应该上车跟他们一起去医院，但要跟司机一起待在前面，因为他们需要空间从背部"给他施救"。我想用手触摸他的身体，这样他就会知道我在那里。是我，伊丽莎白，是莉齐。但他们坚持让我坐在前面。

我们沿着惠特尼大街缓慢移动。"我应该给某个人打电话，是吗？"我对司机说，她是个女人。"是的，你应该给某个人打电话。"她说。"我不知道打给谁。"我说。孩子们很安全，我的父母在数百英里外，我也不知道发生了什么。

　　护理人员匆匆将他推进急诊室，医生在他们工作的小房间招待我。我一直将手放在他小腿上，他的身体仍然温暖。他们剪下他的衣服，当他的身体露出来时，一位包着长头巾的印第安医生合上了帘子。

　　他们上下摇动他，猛然捶击他，给他静脉注射。他们不停这样做着。"有人有其他主意吗？"医生大叫道，在他们一次又一次尝试之后。然后他深深直视我的眼睛，说出了他们在电影中说的话，但那是唯一的话："我们尽力了。"这就是我所见的。后来我得知那是2012年4月4日星期三晚上七点。

　　那只属于我的阴茎，在他的大腿上躺着沉睡，依偎在他的毛发中，心已经在他体外，这就是我对他身体的记忆，在急诊室医生看着我的眼睛做出他的声明后。他，仍然是他，仍然是菲克雷，仍然是一个他，他最后的痕迹。他那实际上制造人类——我们的孩子——的阴茎是我所失去之物的符号和象征。

　　我伏在他身上，用我的身体覆盖他的身体。不知过了多长时间，有人来了，我不认识她，她双臂抱住我的肩膀，轻轻地、缓缓地带我离开菲克雷。

在屋内我的手机用不了；急救室正在翻修。我走到外面的脚手架下。

"请你将孩子们带到耶鲁－纽黑文医院的急救室入口来见他们的父亲好吗？马上。"我对特蕾西说，那语气是在说："不要问任何问题，"因为我不能对她说谎。

于是他们来了，我在入口处等他们，然后我告诉他们爸爸死了。

七

　　只剩下所罗门、西蒙和我。"爸爸在哪里？"他们
问。我们去一个房间看他的尸体——不是去看他，是去
看他的尸体，因为当我们进去时，那是他的尸体而非他，
穿着一件医院罩衣，被盖住。我们抚摸这尸体，拥抱它，
为之哭泣，它已经不再收容他。不知为何，看见他的尸
体并不令人恐惧。在这些时刻，它仍然属于我们。这尸
体不再温暖，我们放声痛哭，直到离开这房间才恍惚接
受了事实。

　　我打电话给我弟弟。他不懂我们在说什么，但后来
他非常明白了，他说他正从新泽西开车来康涅狄格州。
当我打那个电话时，急救室里每个人都在哭，孩子们是
我的哨兵。

　　特蕾西给人在纽约正赶来的阿朗德拉打了电话。她
和马克都是一边驾驶，一边通话，车子在高速公路上呼

啸飞奔。

特蕾西也给埃米莉打了电话，她是一名牧师，我给莉萨打了电话，她是我的治疗专家。当我们回家时，她们在屋子里。特蕾西带来了薰衣草茶。当我们带着菲克雷回家时，她开始做番茄酱———一些实用的、她亲手做的东西———正放在火炉上一个罐子里，收成黏糊糊的甜汁。

我一遍又一遍拨打 202-544-8223，我父母用这个号码用了四十多年，但他们很晚时去华盛顿吃饭了。最后我联系上了他们。他是他们的儿子，现在他死了。

我打电话给他最大的姐姐塔杜，她刚到纽约，在去计划中的延长的复活节庆典的途中。我直截了当地告诉她菲克雷死了，然后我告诉她的女儿，我们的外甥女，确定在有语言障碍的情况下能被听懂，因为这很难理解，需要重复这是真的。

我不知道怎么让孩子们一起去睡觉的。阿朗德拉和马克让我吃了一片药。我沉入一场没有影像的黑色睡眠。

八

亨利·福特相信人的灵魂在他们的最后一丝呼吸里，所以他捕获了他最好的朋友托马斯·爱迪生的最后一丝呼吸，装进一根试管，永远地保存它。这在底特律外的亨利·福特博物馆展出，仿佛圣十字教堂中伽利略的手指，但爱迪生的呼吸是看不见的遗迹。

当我打开他的嘴巴将我所有的一切呼入他体内时，菲克雷最后的呼吸进入了我。那时他仿佛活着。我确信他的灵魂在那儿。在救护车里，我们经过漫长的旅途到了医院。即使当他们反复抢救时，第一缕寒风还是吹进我体内：他在离去，或已经离去。

"我需要打电话给某个人不是吗？"我问救护车司机，她是个女人。

"是的，你需要。"她说。

九

在美国，无论身处哪个社会阶级，黑人比任何人都更多地在灾难中死去。

托尼·莫里森说："在这个国家，没有一座房屋不是从地板到房梁都挤满许多死去的黑人的悲伤。"

菲克雷，他是一个非洲人，一名厄立特里亚人，一名非裔美国人。他是黑人，但不是奴隶的后代。事实上他穿过祖国的杀戮战场逃亡，那时他十六岁。他进入喀土穆的尘土之中。在苏丹、意大利、德国和美国他都是一名难民，最终他会生活在美国康涅狄格州的纽黑文，度过比他生活过的任何地方都要长的时间。他之前在意大利洗盘子，上学，后来他从一个德国人口中知道这门语言中有一个充满种族敌意的词，这个词几乎摧毁了他。他多年没有见到父母。他的父母和社区塑造他，使他幸存下来，但这不是没有代价。

他大大的心脏爆裂了。验尸官后来告诉我们他的动脉几乎完全堵塞，尽管他苗条、精力充沛，并且喝酸奶、吃蓝莓和亚麻籽，尽管他成功地通过了压力测试。我得知猝死的人中五分之一的人首先就有严重的心脏病。他永远无法戒烟，尽管他试了又试，一次又一次。心脏病是美国致死的首要原因。

他摔倒在地前很可能就已经死了，急救室的医生和验尸官以及我后来交谈的那位心脏病专家告诉我。这就是为什么地上没有血，尽管他头部受伤而头皮血管偾张。他可能感觉不对劲，医生告诉我，在他们所谓的"心脏事件"之前，但不会多过一瞬间。其中一位告诉我，他很确定菲克雷死时看见了我的脸。他想要我从这医学知识中得到安慰，如果它真是知识的话。

十

因为他身体和精神强壮，因此尽管疲劳他也会去小卖部买回制作复活节意大利肉酱的材料。未来的一周是忙碌的，星期一晚上用来购物和备课。我和平常一样像个意大利妻子那样催促他：去，去，去，于是他去了商店准备他的酱汁，然后开始烹饪。

他在地球上的最后一夜，我不在屋子里，我在给学生播放为课堂准备的电影。谁知道呢，但我回顾时我仍希望知道，希望我们能整夜待在一起，紧密相连，哭泣着对彼此诉说每一件事。仿佛一个男人在等待他的处决，我想：一种情感脆弱的想法，但我现在那热烈、绝望的愿望是我们能拥有每个时刻，我能和他一起倒计时，能够一起走过那跳板。

但在这极其痛苦的歌剧般的退场中，孩子们会去哪里呢？我永远不会让那极大的痛苦触碰他们。为了他们，我宁愿没有线索，没有动因，没有极端的恐惧。

比尔·T. 琼斯设计和表演了一个名为"地球上的最后一夜"的舞蹈，灵感源于他失去的同伴阿尼·赞恩，他死于艾滋病，他所在社区 HIV 病毒肆虐。舞蹈中，他从舞台上对观众说话，问他们尖锐、直接的问题："现在是什么时候了？你们现在能否看看镜子并安然面对？……你们在做你们想做好的事吗？你们是否已安置好你们的激情，仿佛这是你在地球上最后一夜？"他为他的回忆录取了那个急迫而包罗万象的名字。

菲克雷在地球上的最后一夜，他在等我。告诉我一切，他说。现在我成了那个走入世界的人，回来时抱着鲜花，以及一柜子有趣的东西。他拥有这个世界太多；所有一切中他最爱家庭。世界的最好和最坏都在他的脑中。他将它放在油画上赠予我们。因为走入世界会令你疲倦，而我无法分享每一件小事，所以现在我希望倒一杯酒和他在红色沙发上坐上几个小时，像他那样讲故事，慷慨大方，像利奥·利奥尼的经典儿童书中的田鼠弗雷德里克，他为他的老鼠社区讲述阳光般的故事，使它们度过漫长而黑暗的冬季。但我延长的工作日结束后已经很晚了，我做不到。

星期一他极其疲劳，星期一他心情古怪，我试图让他振作起来。他回家吃了晚饭，感觉好了一些；在他甜蜜而快乐的短信中，他这么说："谢谢你的晚餐，沙拉棒极了！"

他的身体是同样的身体，他那同样的温暖和重量还有味道。

如果我回到那个傍晚，我穿过闪着亮光的街区，走近房子，儿子跑过来迎接我。我可以在我们知道前冻结那一刻，在西蒙跑过地下室的门发现他的父亲躺在地上之前。

我们三人发现他躺在地上。以"聪明的国王"命名的大儿子知道他父亲死了。我从未想到他可能死了。小儿子的想法全是魔法，"要是我之前去看他，"西蒙说，"他们就会将他带回。"

我向他嘴里吹气。他身体柔软。911 接线员问我的丈夫是否还在呼吸，我说不上来。他周围的空气温暖、充满蒸汽。那天以及接下来的每日每周每月我说了多少次"我的丈夫"啊！我的丈夫意外死去，我刚刚失去了我的丈夫。失去表明我们在找寻，我们可能会找到他。

我失去了我的丈夫。他在哪里？我总想知道。当我开始一些小的冒险，去一些新的地方，一些他不知道的地方，我想我必须给他打电话，我想我必须告诉他，我想——他会怎么想呢？我想他所想，我知道他所想。

当我在地下室抱着他时，他是他自己，菲克雷。

当我在医院抱着他，他们抢救他并剪下他的衣服时，他是他自己。

当他们清理他的身体将之带给我们，让我们道别时，他离开了他的身体，尽管它仍然属于我们。

他的身体比之前更冷，尽管不是冰冷，也不是僵硬或坚硬。他的灵魂明显已经离开，而当我们在地下室的地板上发现他时，它并没有离开，我知道他可以听见我们。

现在我确定他的灵魂是易逝之物，而他的身体是灵魂暂时的容器，因为我看见了。我看见有灵魂的身体，我看见灵魂正在离开的身体，我也看见灵魂离开后的身体。

十一

故事始于 1962 年，两个穿着棉布孕妇连衣裙的女人临近她们孕期的结尾，一个在厄立特里亚的阿斯马拉，一个在美国的哈勒姆。即将分娩的低悬之月支配着她们的生活。那些我们可能会爱上的人在我们渴望他们时就已出生，所以我的爱人和我在 1962 年的 3 月和 5 月分别来到这个地球上，彼此相隔半个地球。然后在 1996 年我们走到一起，一个是来到美国、从未做过奴隶的厄立特里亚难民家庭，另一个是一百年前、两百年前、三百年前登陆美国的奴隶，获得了自由，来自欧洲、非洲和加勒比海。

每一个我们度过的美好的日子，每一个美好的日子。

Ⅱ

蜂　巢

一

你讲那个故事。

"不，你来讲那个故事"——

我刚从一段相当重大而浪漫的错误中恢复过来，我从芝加哥飞去纽黑文，去了耶鲁，应我的导演朋友利娅之邀去写一部剧。我希望新的工作能治愈我。

一位朋友带我去见纽约布鲁克林的通灵人雷吉。

你最好振作起来，姑娘，雷吉说，因为你的男人正在来的路上，而你无法阻止这份爱的到来。

这不是平常的黑人，雷吉说。他来自某个没人听说过的小地方。我看见你在厨房里，重新谈起你不再谈的话题，即使你们才刚见面。

他是一名画家，雷吉说。那些画很大幅，颜色就像日落，就像美国西南部。我想要一幅！

婴儿来了！雷吉说。是个男孩，他来得比你想象的要快。

顺便问一下，你想成为剧作家吗？猜猜明天你将见到谁？乔治·C.沃尔夫先生。

呸——废话，我想，然后我继续我的事情。通灵人雷吉。哼。

几周后，我坐在纽黑文一家咖啡厅，吃着橙汁凤梨冰沙，想自己的事。

我将见到一位老朋友。奇怪的是，她一直没来。

"打扰了，"他说，就像许多歌曲中那样。我从书上抬起头来。

于是我们开始交谈。

"我喜欢她是一名艺术家。我喜欢她是一名教师。我喜欢她是短发。"

我的胃里一阵翻转——爱之科学。

那周我要回芝加哥，所以我写给他：伊利诺伊州芝加哥西罗斯科路 517 号，邮编 60615，然后，在最后一分钟，写下了我接下来几日用的当地电话号码。

当我回到学校公寓时电话响了："明天想过来喝咖啡吗？"

我说好。

他说："出发时给我电话，我会等你。"

他站在乔治州街的拐角等我，微笑着。

我去喝咖啡了，并且再也没有离开。

我有没有记得说呢？跟雷吉交谈后一天，我遇到伟大的乔治·C.沃尔夫，在纽黑文剧院，完全是偶然。

二

　　确定恋人关系时，我们陷入了三天三夜的感情漩涡。
第一晚我第一次睡得像桑戈尔那"深深的黑人的睡眠"，
不再是终身的失眠症患者。第二晚我发高烧，梦见我的
祖母和一棵樱桃树，她唯一吃过量的水果。第二天早上，
为了让我舒服点，菲克雷给我喝小口的冷黑加仑汁和蔷
薇果茶。第三晚我又发烧了，还来了月经，从来没有流
过这么多血，满床都是，一串血迹从房间一直流到浴室
地板和浴缸。他清理了这些；我没有感觉尴尬。接着他
得去华盛顿，那里将举行一场厄立特里亚摄影展，照片
是他在漫长的战争和独立后不久拍摄的。他用三十秒的
时间打包了一个小旅行袋，轻声踏出门外。他最后放进
袋子的是我的第一本诗集。我们一同离开阁楼，他开着
他姐姐借来的本田雅阁沿着 95 号州际公路疾驰而去。

　　五天后他回到纽黑文，给我带来了一件礼物：一个

来自卢雷钟乳石洞的充满蜂蜜的蜂巢，结构古老，犹如图符。"你知道法老图坦卡蒙的墓中发现了蜂蜜并且仍然可以食用吗？"他说。"你知道庞贝古城密封的罐子里发现了蜂蜜吗？"我们惊叹于蜂巢简单的构造和欺骗性的力量，然后将它举起来，注视它那无与伦比的金黄。透过蜂蜜金色的光，我们环顾四周。接着我们吃掉它。

三

1996 年夏天我们恋爱六周多。在第一周末，我们决定结婚但没有告诉任何人。"他们会觉得我们疯了！"我们说，"这是我们的秘密。"我们确信。

我们吃点东西，喝甜甜的古巴咖啡，听艾哈迈德·贾迈勒、贝蒂·卡特、阿比·林肯、兰迪·韦斯顿，以及唐·普伦，我们共同赞美的非洲移民天才们。我们来来回回地在共有的笔记本上写了许多俳句，他给自己起了个绰号叫"非洲芭蕉"。松尾芭蕉在 17 世纪的日本江户时代写作，他被认为是最伟大的俳句诗人，但他更著名的是最擅长写连句，一种协作的诗体。从没有人要我一起写诗。

当我第一次遇到他时我是怎样研究小小的厄立特里亚啊！我是怎样练习正确地说出他的名字啊——菲 - 克雷·盖布 - 雷 - 耶 - 苏斯，一遍又一遍回放他的第一条电话答录机信息以正确理解它。我是怎样打开自己来了解这个来自一个全新的迷人之地的全新的人。我来自养猪人而他来自牧牛和牧羊人。我的族群中有些人是中部的奴隶，他们从无到有，给主人创造剩余物。我的族群中有些人精致而自由。他来自永远自由的基督教科普特高地人，按照季节交替收割谷物，遵守大斋戒制度。那是我们有趣的想法：东方和西非结婚，幸存的奴隶后裔，自由的有色人种后裔，从未受奴役的自由战士的后裔，那将结合在我们孩子身上的最强有力的东西。有时我们谈论这个，但我们主要谈论最深处的思想，最甜蜜的思想，我们永远等着询问的问题。他是一艘深不见底的船，一艘总是会载着我的船。

他的牙齿整齐、洁白又明亮，无需美国牙齿矫正术。在照片里他不屑于说"茄子"，而是紧闭嘴唇，但他的微笑迅速而闪耀如阳光。由于发际后移，他剃了头，但无疑没有人的光头像这样漂亮——栗子般的棕色，清晰的褐色，仿佛黄玉或荞麦蜜（"你知道荞麦既不是草也不是小麦，和大黄是亲近物种吗？"我听见他这样说）。他中等身材，体态苗条，尽管他中年有点儿趋向于发福，但我发现这很可爱。他的健康正如一个靠双腿工作并能做出一些事情的男人。他身手敏捷，体格聪明。他吊起大的物体，移动它们，爬上梯子，在家具后面和下面爬动，解决居家难题。后来，当我们有了一个共同的家，他会经常在炎热的太阳下整日在花园里劳作；他适应自己的节奏，仿佛从不疲惫。"你得到了一头非洲公牛，宝贝。"他一边推着一辆装满多石泥土的独轮手推车，一边对我说。他刚清理出一小块地用来种植。

关于他没有什么是不恰当或过分的。他看起来就像阿比西尼亚人几个变种中的一种，也就是说，大大的眼睛，宽阔平滑的额头，对他的褐色皮肤来说是种特别的光明，一个像是雕刻过的鼻子。当然，他只是他自己。他的声音抑扬顿挫，有着五声音阶。"你好吗？"D调升半音，C调，G调升半音。他的声音里有巧克力，有深度，有低谷。

在这平静的生活里我已忘记说，他很美，没有半点虚荣。

他在厨房和画室工作，所以日常的服装是 T 恤、牛仔裤和运动鞋。他站很长时间，所以尝试了许多不同种类的鞋子，但最终总是回到运动鞋。后来，我们在一起后，当我四处去做读书活动和讨论会时，会给他带回我能找到的最独特的 T 恤，那是他喜欢的日常穿戴：拉布雷亚沥青坑、特兰西瓦尼亚大学的足球队、华兹塔社区艺术中心、STAX 耳机、毛皮里派克大衣镶边的马修·亨森的棕色面孔。他的工作室从未适当加暖或调凉，所以当他画画时，他会加上另一件衬衫、一件毛衣、他最喜爱的草绿色羊毛马甲，经常还会围一条明亮的羊毛围巾，戴一顶针织帽，为了保暖。有时我们外出时，在夏天他会穿纽扣领的彩色衬衫和牛仔裤，瓜亚贝拉衬衫或达西基衬衫。初次见面，一位新朋友就评论道："噢，我喜欢不怕流行色彩的男人。""流行色彩"成为我们爱重复的一个短语，从没有哪个男人穿深粉色更好看。

六个星期里我们整日整夜地交谈。他告诉我厄立特里亚他家院子里的生活的一切，描述身上爬满孩子、大笑着的父亲；他母亲仔细选择香料，或刺绣线的颜色，或刷墙的颜色，并让他推她的手肘以使菜里放入更多黄油；他和他的兄弟姐妹给复活节朝圣的修女沐足；香炉摇荡在散布着乳香烟的科普特教堂；彩色玻璃上的大眼图像，以及隆隆作响的非洲鼓明白无误地表明这古老的基督教来自非洲；他给父亲大声朗读意大利报纸；阿斯马拉市中心的意大利式装饰建筑，这仍然是世界上那种建筑风格的最佳例子；伴随着他深爱的电影的最好吃的冰激凌——意大利语发音——在装饰派风格的电影院里；他对教室和老师充满尊敬的爱，他们也爱护他；有一天他的老师大声朗读他的散文，并说道："孩子们，你们中的这一个会成为一名了不起的作家。"第二天他的学校就因军事冲突的加剧而关闭了；邻居和朋友们没有来由地消失；日益增长的恐惧和生死攸关的防卫。

我们在纽黑文六个星期的恋爱期间，他的三个小外甥女阿迈勒、巴马和亚丁从内罗毕和北弗吉尼亚州来访。我们开车带她们去科德角，并假装她们是我们的孩子——因为她们是——她们围着我们跳舞念咒语，祝福我们的婚姻。当他在饭店交班后，他和我会在深夜开车去纽约，在不忙碌的日子里也是如此。他会带我去他在纽约谋生时对他来说最重要的地方，那时他是个热情洋溢的激进主义者，并且开始在住宅区的厨房桌上画画。我们参观了艺术学生联盟，鲍勃·布莱克本的版画复制作坊，还观看明格斯爵士大乐团的表演。他喜欢一遍又一遍听《福伯斯寓言》，它那"嗡姆吧鲁姆吧"的声响掩饰了对种族隔离制度下崩塌的社会秩序的尖锐社会批评。我们在附近路边的一家咖啡馆吃意大利美食，他愉快地称之为在家办公。我们去了东村的韦涅罗糕点店买千层派和蒸馏咖啡，然后开车回到纽黑文的家。在这里通过许许多多小事中的一件，我知道我遇到了爱情：我这个上瘾的后座司机开始睡觉，在他开的车上安安全全。我放松下来。车内全然安静。然后我在他说一句话时醒了，他那低沉、深邃的嗓音击中了我的情感——"莉齐，"他说，"你在非洲有土地了。"

四

　　我回到芝加哥工作，但我们已定下婚约。只等过了这学期我就搬家，这样我们就会在一起了。他还没有见过我父母，但我父亲说："我懂得你，也看见现在你和他在一起怎样，所以我知道这是个合适的男人。"他来访芝加哥，在那里与我选择的家人见面。他为我选择的家庭和他们的孩子们做了一席盛宴，莫娜和伯纳丁——这群人当中我最大的姐姐——当场给我的父母打电话，与他们进行了一场非常严肃的谈话："是的，见到那个人了。他那样好。他那样爱她。"我的生活怎么变得如此非洲化了？我微笑着对菲克雷低声说，一边看着现代村庄的长者祝福我们的婚姻。不久后我们去了华盛顿，到我父母那里，我母亲在早饭后和他的叙旧长达数小时，然后宣布："我们一见如故。"

　　他经常跟我说他在厄立特里亚广阔的天空和高地的

红色岩石下长大。听起来就像我听说过的美国西南部，所以我为我们计划了一次旅行。我们去了阿尔布开克和圣菲，沿着高速公路开去陶斯，吃新鲜的墨西哥薄馅饼，我们看见忏悔者教堂墙壁上血迹斑斑，数英里外一只黑鹰在河上盘旋，凉爽而清新的空气里，我们坐在巨石上，脸朝着难以想象的明媚阳光，浸泡在它纯粹的能量里。我们所到之处，棉白杨的飞絮在周围旋转，仿佛巫师变幻的风。我们逍遥于时间之外，过了两个星期。

海尔－波普彗星即将出现。我们感觉我们在追逐它，或它在追逐我们。在奥霍卡连特，新墨西哥州北部的一处温泉，我们看见星星划过天空，月亮消失形成月食，一切都不见了，除了一圈明亮的银白和红色的火星。我们从一个锂温泉观看，含砷的洗澡水，含铁的澡盆，还有从地下冒着蒸汽的盐水。那些天我们在客厅第一次看电视，我们看见信仰一种名为"天堂之门"的奇怪宗教的人们，他们将那次彗星解释为世界末日的指示，所以吃毒苹果酱，喝伏特加，然后死去。他们相信他们会去宇宙飞船上。当我们亲吻时，我们品尝彼此嘴唇上的矿物质。我们在环绕式门廊上吃桃子派。我们在赛多纳看到日全食。某处有张我们让一个陌生人给我们拍的照片，那时我们在一座山坡上看日落，在一大群人中，当炙热的太阳退出视线时，每个人都鼓掌。在哈瓦苏派，我们徒步十英里去自然保护区。处处是色彩缤纷的野花。你还可以听见雷鬼音乐；到处播放着鲍勃·马利的福音音乐。印第安人尊重菲克雷，因为他是非洲人，一个古老的种族。我们吃着似乎就是那里产的食物：热狗、番茄酱、烤面包，还有 M&M's 巧克力豆。

我们开车——他开车——两千英里。他得意于自己是一名马路战士。有一天晚上，我们在星空下驱车穿过一片无尽的土地，听见纳瓦霍人的声音，然后有人跟耶稣说话，然后是宇宙飞船上的声音。我发现菲克雷写过一点关于那次旅行的东西，因为某些原因，是用西班牙语写的。它开头是，"我们两个。"我们两个人，地球上最后的人。

五

　　他给远在阿斯马拉的母亲打电话，告诉他们我们快结婚了。我接了电话，我已经学会"selam"——"你好"——和"Kemay aleka"——"你好吗"，如果对一个女人说话——尽管我们语言不同，我从我们谈话的语气中感觉到她为她亲爱的儿子的幸福感到快乐。他挂断电话，说："我想我妈妈。"然后第一次当着我的面哭泣。这就是移民的生活。

　　我们焦急地等了一年，直到我在芝加哥大学的教学季结束，然后他开车去了我极喜爱的巨肩之城（芝加哥），把东西装上车，将我带去了纽黑文。那是1997年6月。8月16日我们在康涅狄格州奥兰治的圣芭芭拉东正教堂结婚，这是我们在纽黑文能到达的离他童年的教堂最近的教堂。我换下简单的结婚礼服，穿上厄立特里亚传统服装，37.8摄氏度的高温里，我们在他兄弟吉迪恩位于纽黑文的后院跳舞，伴着一个名为多米尼加扎的泛非洲乐团演奏的刚果伦巴舞曲。我们的客人吃英吉拉和炖菜。在家人高高架起的华盖下，我们伴着祝圣音乐跳古埃拉舞，他们轮流走到下面来祝福我们。他的两位年长的女性亲戚敲着小油鼓。男人们一起围成一个圈，极其优雅地舞蹈。我弟弟的两个小孩，玛雅和乔纳旋转着，穿梭在人群中。中途，我悄悄溜走，到楼上一间卧室躺下，双颊因我们的秘密而变得发烫。高温和音乐从敞开的窗户外传来。我陷入深沉的睡眠，我的手放在体内开始胎动的宝宝身上。当我醒来，再次加入庆祝，在纽黑文八月湿热天气的顶峰，一场暴风雨短暂地袭来，然后，亲爱的读者，出现了一道彩虹，我生平所见的第一道彩虹。一些厄立特里亚人睡在后院的婚帐下，即使到了第二天，当他们被唤醒时仍有人大叫：菲克雷和伊丽莎白结婚啦！

六

　　一个非哈贝萨妻子犯的第一个错误就是水壶。厄立特里亚调味茶是一种款待，也是一种日常习惯。水壶装满小豆蔻荚、桂皮、姜根和丁香，因此水总是泡着香料。茶——在我们家，是肯尼亚浓茶，由菲克雷住在内罗毕的妹妹买来或寄来——有时用牛奶煮至叶子散开，然后加调味水到适当浓度。或用调味水和茶包快速泡出，加入许多糖和热牛奶。两种做法都很美味，总是用于聚会，而聚会在哈贝萨家庭中是永无止境的。哈贝萨：一个我学会和爱上的词，意为厄立特里亚和埃塞俄比亚人。有人说公元前1460年哈特谢普苏特女王使用了这个词的某种变体来代表来自香料产地的外国人。在现代用法中，它是一个关于自我认同的有趣词语，因为它指埃塞俄比亚人和厄立特里亚人，尽管历史上两个族群中一些人一直存在敌意。

有一天这位非哈贝萨新主妇将会装满水壶，放到炉上煮开，然后把水倒进她正在做的汤中，或偶然用它来蒸蔬菜，或将它倒入法式咖啡壶的咖啡中。她会对着棕色的咸水和冲出来的柱塞尖叫。此后炉子上会有两个水壶，而她总是会记得哪个是哪个。

尽管国外的厄立特里亚高地人喝茶时通常放牛奶和糖，菲克雷说他母亲下午和朋友们喝茶时偶尔也喜欢放糖和一片酸橙，正如她也喜欢番木瓜加一片酸橙。

我闭上眼睛看见番木瓜的颜色，所有瓜果的颜色，他长大的家的墙壁，以及他画中它们微妙的报复。

七

"我去找鸟巢，你用羽毛装饰它。"他会说。我从慕尼黑给他打电话，结婚后我去那里参加一次诗歌公费旅游，并且刚怀上所罗门，在我们看来他是地球上第一个出生的孩子。"我找到我们的公寓了。"他说。此前尽管我喜欢他的画室，但我抱怨它并不是一个适合我们照顾孩子的地方，地板上到处是钉头，外面二十四小时在建房子，频繁地违反消防条例，还有老鼠造访。他发现一处有两间卧室和一间像样的餐厅的公寓——那是我最想要的——我一回来我们就搬进去了。

几个月后，还有几个星期孩子就要降生了，菲克雷有一天很晚从餐厅回来，告诉我他要给我看样东西，就现在。天下着雨，已是午夜时分，我是一艘齐柏林飞艇，期盼着他下班后给我带回沙拉三明治，我们会一边重播《弗兰克之家》和《弗雷泽》，一边吃东西。出来吧，出来吧！他不顾我的抗议这样劝道。我沿着街道蹒跚着走了三个街区，他给我撑伞。

到了一幢灯火闪耀的房子前，他让我停下来，这样我们就能看见里面梯子上的两个男人，他们在刷墙。我们绕到后院。

"看，"菲克雷低声说。两个男人看见我们在窗户边，奇怪的是，他们示意我们进去。你想看看房子吗？他们说。然后带着我们穿过屋子，午夜了。星期天房屋会开放，他们告诉我们。第二天早上，我们打电话给经纪人抢先占有了它，因为菲克雷找到了我们的家。

人如其名的所罗门一生下来——这个正直的小男人发着光来到这个世界，拳头先到——我可以不用走动太多，双方家人都聚集起来帮我们搬家。男人们迅速而沉默地在一辆U-Haul搬家公司的卡车上装满我们的东西，很自豪非洲人能够像牛那样搞定一切。侄女们和我们的父母在公寓和房子之间来来回回搬运灯、玻璃和服装袋，我将宝宝帕夏带到他的宫殿。

牛奶箱成了我们的桌椅，我们吃著名的纽黑文披萨来补充体能，而后安置新家。所罗门房间的硬木地板上闪烁着淡淡的灯光。我们的木匠朋友给我们做的摇篮放在角落。我们最大的侄女塞纳特给尿布桶装上奇特的盖子，我和菲克雷都弄不太明白。菲克雷的一个姐姐做了

ga'at，这种浓稠的大麦粥是为了给妈妈在生小孩后补铁并修复她的子宫。它被端出来，堆成一堆，中心有一个凹口，灌入澄清的热黄油，以柏柏尔酱调香，然后淋上酸奶冷却。

利文斯顿的生活很快乐。安妮·费希尔住在旁边。她是一位杰出的园艺师，碟形的花朵是她的骄傲。我从我工作的房间窗户俯视她的院子。夏天她会在后廊举办喧闹豪饮的聚会，我们微笑着入睡，聆听她的大笑，她的欢乐，以及杜松子酒和奎宁水中叮当的冰块声。她的院子里有生锈的旧锡制指示牌，还有一张用来坐和思考的长椅。她过去常常带着送给我们的花来到篱笆边，对着菲克雷后院的工作室叫"菲——基——"，而他向她走来，和那么多早晨一样端着卡布奇诺咖啡走进后院，抽他的第一根烟，检查他的有机土地。

米色的木兰很快在靠近我床铺的窗外绽放了。我可以看到我们卧室的壁橱，那是 20 世纪 50 年代上乘的瓷架，我们的书桌并排着，他将倾斜的屋顶处刷成青色，他告诉我那是由绿光和蓝光混合而成，最初是从矢车菊提取作为染料的。他将厨房垃圾堆放的角落刷成绿色，鲜绿，西瓜皮绿。我们将家庭照片放在通往楼梯的内置架中，祖先的队列从一楼的开放区域一直标示到我们的卧室。

我听菲克雷唱他童年时代柔和的提格里尼亚歌曲，他在他金色的房间里，坐在我的学生和同事送我的椅子里摇晃所罗。很快我也很熟悉那些歌曲，并能像个银铃那样歌唱，插入宝宝的名字，以各种方式转变它，模仿菲克雷童年那共有的低沉嗓音，所罗门父亲的语言中的五声音阶。我也唱我自己童年时代的歌曲，我母亲童年的歌曲，有一些来自于泰德沃特印第安人，有些是来自阿拉巴马非洲人。"Keemo Kimo Dairy-o，me-I，me-yo。"后来我去查找这首歌，发现纳特·金·科尔唱过它的一个版本，他称之为"神奇之歌"。纳特·金·科尔也是从他的先辈们那儿记得这首歌的吗？或者我的祖母给我唱这首歌是因为纳特·金·科尔在 1947 年录制了它？一切都是传奇故事；所有那些不确切的传奇故事雨点般落在我亲爱的宝宝头上。

　　菲克雷将所罗举起，靠近树上的小鸟，因为他相信所罗能够理解它们。"听，它们在唱歌回应他！它们理解他！"他低声说。

　　我们在康涅狄格州纽黑文的利文斯顿 45 街的房子住了九年，在那里组建了家庭。在那里我们有了孩子，并欢迎亲戚们到那儿来度假和长住，他们因战争、政治和健康问题而分散。一个复活节，我来自巴尔的摩的一位叔叔加入了餐桌。"你的生活就像一部外国电影！"

他说，我们所有人都围桌而坐，一边喝红酒，一边吃东西，一边谈笑。菲克雷在家里烤的咖啡；一盒盒系着带子的意大利油酥糕点出现又消失在缕缕糖粉中。我弟弟和我是独生子女的孩子，从小一起长大，我们没有亲叔叔、阿姨或堂兄弟姐妹。"你父亲打算成为非洲长者，指挥身边这些孩子，"我母亲说，"我们只是并不想真的有那么多孩子。"我会站在一个非洲大家庭的中心，不知怎的在这故事中它像是因果平衡和不可避免的一章。

八

"日子漫长，而年月短暂。"有人这么评价关于抚养小孩的前几年。我记得当所罗还是婴儿时，有些日子几乎冻结在它们的缓慢之中。我从未如此有意识地经历时间。在下午强烈的阳光下和他一起倒在床上，将他举向光线，看着他体内的光，聆听他的呓语。时间仿佛在蜂蜜中穿过。

然后，很快有两个宝宝了，西蒙·亚历山大·盖布雷耶苏斯仅在他哥哥出生后一年零五个月降生。我们一起决定，菲克雷在那些日子往返纽约，因为他和他弟弟有个难得的机会可以在纽约开第二家阿杜利斯餐馆。他说他会花一年的时间。我们是创建者！我们雄心勃勃！我们可以做任何事情！但是啊——当菲克雷不在时，宝宝们会在那些早晨的五点醒来，对着垃圾车叽叽喳喳，我数着时间直到 LuLu 咖啡馆开门，这样我可以和两个胖小子过去，喝那儿的浓咖啡，吃一块烤芝麻帕尼尼，使我的一天恢复平静，伴着其他婴儿、学步儿童和父母。我首次回到大学生活做演讲的前一晚，孩子们整夜嬉戏，不愿睡觉。菲克雷在纽约工作。我凌晨两点打电话给他，他通过电话线给他们唱歌，直到我们三个都在床上入睡。

他叫我莉齐。

当他回到纽黑文工作时，时间开始飞快地流逝。他的母亲和阿姨们让我知道我是幸运的，因为他一直是个热爱家庭的孩子，并且从不偏离正路。他是一个喝过水的男人，他的母亲会这样说，那是最适合结婚的男人：一个在世界上有经验的人，但这个人餍足，拥有得足够多，他需要的只是妻儿、工作和家。他十几岁时跑去打仗——他想成为一名自由战士，像他哥哥凯贝德和其他许多人一样——他的母亲将他带回。但那是另一个故事，另一段过往。当我认识他时，他已经喝过水了。

九

当我的婆婆临终时，她以惊人的平静面临疾病。她不想要疼痛——幸运的是，药物能够解决这个问题——但她并不惧怕死亡。我们从未见到她脸上有过畏缩。一直以来我都害怕死亡，即使是孩童时期我都会从死亡逼近的噩梦中醒来。令我极为惊讶的是，当死亡接近时，我能够在场、提供帮助并靠近她。认识到我可以坐在死亡边上令我惊讶。能够帮助这位伟大的女性我很感激，她通过实例向我展示了如此多的作为一名女族长意味着什么。通过让我靠近，她向我证明我比我所知的自己要坚强得多。

我们听到泽梅美什·贝尔赫说的最后一个词是"bun"，这在提格里尼亚语中意为"咖啡"，也代表着厄立特里亚咖啡仪式中包含的许多东西。绿咖啡豆在一个长把手的拟声名为"menkeshkesh"的铝罐中烤制，这是烤咖啡豆的人轻轻摇动罐子时豆子发出的声音，当油开始闪烁而豆子变成棕色时，他们仔细观察着。一旦豆子烤到想要的香味，烤豆子的人就将锅拿到屋子各处，从在场年纪最长者开始，邀请每一个人用扇子把咖啡的烟扇出来闻一闻。当所罗到了刚好能够拿起热锅的年纪，我们给了他这项工作。然后豆子在一种称为"mishrafat"的草席上被摊开冷却，分三次磨成粉去煮，最后放在一个称为"finjal"的无柄小瓷杯中端上来，几乎总是加糖，有时还加热牛奶。我学会了可口这个词"tu'um"。在"第三杯咖啡"前离开被认为是非常不礼貌的，因为每一个阶段都有它自己的祝福，并且标志着更多共同聊天的空间。我真喜欢看菲克雷进行这项仪式，然后看我们的大儿子从他父亲那儿学到这个时的骄傲。咖啡仪式在那儿是家庭仪式中最为神圣的。

我的婆婆在地球上最后一夜，当我们离开临终安养院时，一只狐狸穿过我们在康涅狄格州布朗福德的小径。我们知道在某种程度上那是她，正如我知道那极其饥饿的鹰是来带走菲克雷。我相信那个吗？是的，我相信。诗意的逻辑就是我的逻辑。我不相信它是一只狐狸，但我相信狐狸是一种预兆。我相信那是一个足够奇怪的事件，应该被注意。泽梅美什·贝尔赫，那敏捷的红狐狸，很快从此生到达来生。

十

　　我们一起度过了十五个圣诞节。将近十五年的婚姻，十六年的相伴，从1996年到2012年。我们总说感觉比实际还要漫长。最后我会估计我们结婚二十五年了，而菲克雷会同意。那漫长的诸多努力，那许多的周年纪念。在我们的大家庭中，朋友之家中，有两个得了癌症，两个做了心脏外科手术，有一个吸毒成瘾，有两个因精神病入院，婚姻，生子，葬礼。复活节和感恩节。我们的父母和一个朋友的儿子死去；我们吃东西，喝热咖啡。我们穿着我们最好的黑衣服一起去各种各样的礼拜场所，三栋房子，两座城市。换一次工作，两次生意倒闭，一次创业。钱没了，钱又来了。侄女们交过几个糟糕的男友，几个好的，侄女们三个可爱的丈夫，一位侄子可爱的妻子，六个可爱的婴儿。拥有四个家，三个卖出去了。痔疮手术，牙科手术。没人断掉四肢。一次政体转变，一场战争的结束，另一场战争的开始。一位东非美国总统。一些难民。两次加入美国国籍仪式：两位新的公民。

我们一起选择了两个日托中心，两位保姆，不到六天就炒了一位保姆，因为一岁半的所罗说不，和另一位保姆一起待了三年，当她要离开我们时，我们伤感地落泪，一家幼儿园，两所小学，一所中学，一所高中。我们精心筹划了十五个感恩节宴会，十五个复活节，最后还有一个"七鱼盛宴"。一次复活节，菲克雷在康涅狄格州的切希尔发现了一位牧羊的农民，他宰了一头羊送给他的姐姐塔杜，让她做"tsebhe"——一种油腻而辣的厄立特里亚炖肉——还有她的烤肉。我们找到了可以买到含有熟鸡蛋的意大利复活节十字烤面包的地方。"复活节快乐！"他会说，我也会说。

我们进行过三次意大利之旅，我们有家人在那里，那是我们颇具讽刺意味的殖民时期的半个祖国，我们每次都去不同的地方：罗马、威尼斯、佛罗伦萨、阿马尔菲，是的，但也去巴里、切列、费拉拉，为了看姻亲和朋友。伦敦、苏格兰、西班牙和奥克兰是我们家庭的移民社群。米兰在等待，还有贝勒托斯卡纳，还有那不勒斯，当罪行平息的时候，还有西西里岛；他想闻脚下压碎的薄荷。阿兰布拉在等待，还有早春西班牙南部的柑橘花。

我们在一起的那些年我写了四部诗集，两本散文，两本选集，还有数不清的散文和演讲。我教成百上千的美国年轻黑人文学和诗歌，管理一个诗歌中心，主持美国黑人研究部。他画了八百多张画，拍了数不清的照片和照片拼贴，经营两家餐馆。对于那些没有实现的计划，我们为其他餐馆写菜单，还有市中心的纽黑文艺术中心的计划，在厄立特里亚建一所艺术学校的计划，哈德逊河上提供住宿和早餐的酒店，基于魔术师布莱克·赫尔曼的生平改编的戏剧。我们都为彼此创造了可能。我们成就了一些事情。我们都无比信赖彼此。

所有的婚姻中都有挣扎，我们在这方面也一样。但我们总是走到另一岸，去掉身上的灰尘，说道：你在这儿啊，我的爱人。

十一

多年来我们一直说要准备七鱼盛宴。我们和我们知道已经做过这种盛宴的人谈话。所以我们最终做好了，跟埃米和乔安妮以及他们的孩子本杰明和玛丽娜一起，这是我们亲爱的一家。埃米是第一代意大利裔美国人。她和菲克雷用意大利语兴致勃勃而快乐地互相交谈。他给玛丽娜唱了一首埃米童年记得的歌曲。"玛丽娜玛丽娜，"他甜甜的嗓音使她掉下眼泪，"玛丽娜玛丽娜。"他唱道，甜美的铃声。"我爱着玛丽娜，一位深褐色头发但美好的白人女孩，"褐色头发的美丽的玛丽娜，"一位深褐色头发的白人女孩。"

我们准备好盛宴，并且的确大快朵颐。冷海鲜沙拉是我们唯一买的东西，来自北黑文一个普格利泽市场。我做了蚬肉扁意粉、菜豆和金枪鱼面包，菲克雷为我们每个人烧了一只大扇贝，将它们放在壳里刚做的辣番茄酱中。我将比目鱼炸得脆脆的，都卷起来了。菲克雷从不炸食物——"你们的人才这样做。"他会说，我们大笑。他吃掉那好吃的鱼。凯撒沙拉中的凤尾鱼很少，我们数着。最后的鱼是菲克雷的金枪鱼，烧焦了，成条摆在芝麻菜、碎番茄和一条细细的香脂醋上。

　　每一道菜都让我们在寂静中狂喜。孩子们都说这是最棒的圣诞节。每个人都爱他们的礼物。埃米送给菲克雷上好的鲑鱼、甜瓜和三叶草绿的意大利短袜，他将之保存在他们带来的盒子里，等待适当的场合。

十二

　　菲克雷认为所罗和西蒙的十三岁生日应该要有特别的仪式，所以他要他们每人想象一场他们想要家人带他们去的旅行。"我想从巴黎坐东方快车去伊斯坦布尔！"小一点的西蒙说，于是这场旅行就成了我们一家期待的幻想的一部分，尽管事实上我们甚至不确定东方快车是否仍然运营。在所罗特有的深思熟虑后，他宣布他想让我们开车横穿国家。

　　两年的时间里我们反复计划，直到 2011 年夏天，那时所罗快十三岁了。我们忙碌地筹备了六个星期。然后，六月来了。

　　我们在斯坦福德租了一辆皇冠维多利亚车作为这次旅途的双轮马车。经过南部有单泵加油站，桃子标志。每一个我们能停车的公民权站。埃蒙德佩特斯桥；第十六街浸礼会；洛雷恩汽车旅馆。塔斯基吉学院的乔治·华盛顿·卡弗保存完好的实验室。我的祖父母位于亚拉巴马的出生地，我曾祖父母的墓碑在那儿。纳瓦霍牛仔竞技表演，纳瓦霍颂歌，纳瓦霍旗，纳瓦霍的土地。菲克雷非常珍视的纳瓦霍超速罚单。我们太累了，无法在大峡谷停下来。当我们开车去孟菲斯时，密西西比州下着暴雨，在这里雨横着下，菲克雷带领我们通过。令孩子们觉得好笑的是，我们都在科罗拉多州的布罗德莫精神病院乘坐水上滑板，这是我坚持大家住的那家昂贵旅馆，这样我可以"恢复元气"。

在我喜爱的芝加哥我有一场大型活动，当我朗读我的诗歌时，孩子们去看白袜队的比赛了。

我们和朋友见面。凯文让我们吃蘸了花生黄油的熏猪肉，还有珍妮弗，她让我们吃油炸泡菜。

华兹塔，我的圣地。

在约书亚树国家公园徒步真是太热了，棕榈泉也太热，无法睡觉。

有趣的维加斯，我们在那里和我的一位叔叔一起吃午饭，他是那儿的一名歌手，第一次见到我的孩子们。

我像个骗子那样争辩要住在圣莫妮卡好一点的旅馆，最后我们住得非常豪华。

在圣莫妮卡那天我们租了自行车，骑行去阳光灿烂的威尼斯海滩。我们一起在自行车上疾驰，停车看了一场真正的畸人秀，一个蓄须的女人在门口迎接我们，一个男人躺在满是碎玻璃的床上，孩子们在长大，快乐而自由，我们享用自己的身体，海在我们旁边，后来我们会吃鱼肉卷，观看人们伴着迪斯科音乐跳舞、溜旱冰，一个大概一百人的鼓队在沙滩上表演，日正西斜。这是我生命中最完美的四个小时。

我们的最后一站是奥克兰，我们在那儿拜访了他最大的姐姐。当我们到那儿时，得知她已经癌症晚期，我们愉快而恬静的生活停止了。菲克雷和我像我们一直所做的那样，我们找了最好的医生，与全国卫生研究所联系了解实验方案，阅读和辨认病理报告，跟她的孩子们聊天。那就是我们在家庭中所做的。

在许多文化和宗教中，他们会警告你不要太仔细地盯着一件事，因为你身后可能发生一些事情。西印第安人给他们的孩子们取昵称，这样死亡天使就不会找到他们了；他只知道通过他们的正名来找到他们。当所罗出生时，一位埃及朋友送给我们一只邪眼护身符，他要我们将它别在他的婴儿毛毯上，当人们伸手去触摸这个美丽的孩子时，我真高兴它在那儿。我们得到另一只邪眼护身符，放在房子前，厨房里还放着一只红色中国雄鸡，一切都有了，除了门柱圣卷。我相信一切我成长中没有的符咒和迷信，那些美丽的东西保佑一个家庭平安。

我们一只手为塔杜点起蜡烛，另一只手打电话给全国卫生研究所。她计划去卢尔德旅行。奇迹般地，她的癌症竟然要好了。没人能理解这个。

Ⅲ

"我妻子手中我的边缘"

一

　　你在那里，在后面卧室窗外的晨光中，戴着金色绲边红帽，穿着草绿色羊毛背心，系一条毛茸茸的围巾。你抽着烟，喝着咖啡，徘徊在侧院，走着，显然在思考。天气好时，你有时会在眺台上扎营，带着报纸、咖啡和香烟，审视院子和我们的家，守卫这栖息地。你一度喜欢放置在蔬菜园边上的那套旧柳条桌椅，坐在那里，你可以注视主街以及所有开车或走到那里的人。但你通常喜欢站在房子的侧门思考，从不走得太远。

　　我轻敲窗户，挥挥手。你也挥挥手，微笑起来；如此纯净的幸福和光。我在这屋子里，你在窗户另一面，我们在一起：远方的你，你喜欢这样对我说，并写下记录。

二

葬礼两天后是复活节，辛迪从波士顿开车过来，带着复活节晚餐的所有配菜，包括一根火腿。我们得过复活节，她说。我看着她和我母亲在我的厨桌上用细长的手指削土豆皮，将白洋葱切成丁。我们就是这样做的。

几周后，罗宾乘坐北线铁路用拖轮箱带来又一整根火腿，包着耐用的锡箔。当她到达时，她打开炉子，用丁香和菠萝圈装饰火腿。我们安静地坐着聊天，屋子开始闻起来像很久以前遥远的地方——那千百万黑人之家。吃点东西，宝贝，她说。一个自制的立体交叉烤肠机上放着一些火腿。求求你，亲爱的，就吃一点儿。

菲克雷喜欢奥古斯特·威尔逊的戏剧《两列行驶的火车》中的恳求："我要我的火腿！"他说那些喜剧非常非洲化，威尔逊吸收他们的古怪，给他们腾出空间展示，不经解释。

曾经，在去维尔京岛的圣克罗伊的旅途中，我们拜访了我父母的一位艺术家朋友,她制作扎染织物和衣服。一个星期六下午，我们坐在她的工作室里，看着人们进进出出闲逛，自言自语，然后离开。牧师、妓女、酒鬼和女歌唱家都不经宣告而来，发表意见，然后从舞台右侧退场。这真非洲！菲克雷说，他爱上了这平凡的剧场。这很像非洲，也很像一出奥古斯特·威尔逊戏剧！

　　你知道我为什么想念他吗？我大声叫喊，不对任何人。我会记得一切吗？我想要保留什么？

三

"是震惊，而不是悲伤，宝贝。"我的理发师说，
当他双手穿过我新长出来的粗糙银发。

四

　　每周就寝时,我会有三次像小猫一样将舌头伸出来,而他会在上面放一片阿司匹林。我们一起步入中年。阿司匹林是用来预防心脏病发作的。

五

我梦见我的房子没有围墙，只有房间之间的墙。屋顶漂浮着。我在一楼，暴露在风雨之中。一阵寒冷的风在刮着。我没有披肩。

我睁开眼，转向床上他的那一边。我第一次开始对我独自失去的一切采取实际的、物理上的测量。我用食指描绘和勾画出他温暖的栗色头皮，它的皱纹，以及褐色的秃头中心的缝隙。我感受到他确切的重量，他躺在我边上的身体，当我蜷缩在他怀里，我的手握住的他胃部的一小部分，那是我挂在他身体上的插销。

我勾勒他精致的鼻子，我感觉到他胡子确切的胡茬，留心黑发变白发的准确比率，它们的卷曲和弹性。我注视他的双眼，和环绕那棕色虹膜的蓝灰色环：原来，是胆固醇造成了那个环。但它们是美丽的。我触摸他紫红色的柔软嘴唇。当他睡着时，我看见他的脸。只有我知道当他熟睡时他的脸是怎样的。

有时在早晨，当他做完一个梦，开始醒来时，他会用提格里尼亚语说出来。孩子们早上过来轻吻他时见过这个。我们多么爱它发生的时刻呀！我们静静期待那语言会持续。很快他就会睁开双眼，发现我们靠近他的脸，然后发出泥浆般困倦的醒来的大笑。

我现在在强壮的树木和他为我种的以我命名的蛋奶黄色木兰中寻找他，"尖叶木兰伊丽莎白"。我在他种在地里的大如婴儿头的芍药丛中寻找他，我看向花园里他坐着喝咖啡、看报纸的柳条椅。我们拥有的他的最后一张照片正是他在花园里。看那照片中他的眼睛，那是任何人见过的最友好的眼睛。它们仍然透过他花园里的绿藤、白豆和无花果往外看。仙人果，多刺的梨果：我记得我们第一次看见、然后吃它们的时刻，那是在意大利南部切列我们的侄子维托的父母家，我们大笑，因为他们叫菲克雷"Fiki"，现在意大利语使他变成了一只内部有着最甜果肉的仙人掌。

六

　　菲克雷到这里并不是来告诉我我的父母是何种树木，但我知道他们是大树。他们不屈服于风；他们顽固地前行。红杉似乎不太符合该地区的特点；我们肯定不是西方人。当我排列着春之绿到秋之金黄那许多颜色时，我想起我的父母。但他们有着多年生植物的坚定。我的父母树木般站立，审视一切，让我可以随时依靠和纳凉。我总是他们的孩子，然而我已经不像我小时候那样，因为我也是所罗门和西蒙的母亲，因为他们，我必须成为一棵树。菲克雷为我种下茂盛而浪漫的树：木兰，日本枫树，因为那代表着多年热烈的爱和它汹涌的表露，这支撑着我们度过婚姻中的寒冬岁月。

　　现在我需要像我父母那样，成为我们后院中的百年老橡树，被钉上吊床和轮胎秋千又取下，也经历过1989年南康涅狄格州的龙卷风，但活了下来，那场龙卷风毁灭了哈姆登大片地区，将树木连根拔起，拆毁街道。我们的百年老树站立着，正如我父母站立着，正如他们看见更年长的人站立着，正如祖先站立着。

葬礼期间和他们从华盛顿来回后的几个月，我母亲烤鸡肉，摆放桌子，我父亲开车去买食品杂货以及非必要的电器。他们一次也没有让他们的悲伤取代我们家哪怕是一个角落。然而，它却像另一片巨大的乌云影响着我：他们失去了一个儿子。他们失去了一个儿子。他们不在我面前哭泣，直到我变得更加坚强。然后，我父亲第一个哭了。

成为父母就是成为陆地，站立着，就是被种植在地里。

菲克雷应当成为一位长者，但他的日子不够长。

七

在露西尔·克利夫顿的诗中，生者和死者透过面纱说话。这些年来，我一遍又一遍阅读那些诗歌，特别是这一首：

《弗雷德·克利夫顿之死》

1984.10.11

49 岁

我似乎被拖向

自我的中心

将我的边缘

留在我妻子手中

我清楚地令人惊奇地

看见

以至于我并非拥有双眼而是

视力，

周围的一切上升又旋转，

穿透我的皮肤，

它并不是

事物的形状

而是啊，终于，是事物

本身。

　　那不正是死亡的样子吗？一幅进入本质的画，一滴随后就会从地球上蒸发的浓缩水滴？"我似乎被拖向。"克利夫顿写道，以她死去的丈夫的嗓音；他不确定发生了什么。但死去的丈夫从坚硬的地里说话，他在这首诗中声明他是"将我的边缘 / 留在我妻子手中"。我们尽力抓住那破碎的边缘，不愿放手。我们紧握的是租来的服装。但它是我们的，但现在剩下什么了呢？

　　当弗雷德·克利夫顿离真正的认识更近时，清楚地令人惊奇地看见时，这首诗产生更多东西。弗雷德·克利夫顿描写"周围的一切上升又旋转，穿透(他)的皮肤"。当陈旧的硬壳脱落、消失，一个新的自我显示，仿佛我们居住于骨骼外，在那之下有某些更为真实的东西。

　　在这首诗中，死亡带着一件礼物来临；我们爱的人在这里告诉我们，我们双眼所见的与我们所知的并不相同："是事物／本身。""啊，终于"是诗中兴奋的时刻。哀叹和兴奋在这里同时存在。

我是个寡妇。我是菲克雷的遗孀，紧紧抓住他的边缘。我无法握住那服装。我无法想象等待我的是怎样的景象。

八

他相信彩票。

他没有留下一个大大的碳的脚印。

他从未遇见一个他不着迷的孩子。

他喜欢穿粉色。

他的孩子们使他笑得哭起来。

他从不说谎。

他的专业是物理学，他知道宇宙的规律。

他想为我而中彩。

九

5 月 9 日，他死后一个月零五天，他几乎要回来了。孩子们和我在花园漫步，享受他的领地。孩子们轮流站在他那草绿色的山——世界之巅上。也许最高的地方有四英尺，这是菲克雷用花园的犁沟剩下的泥土堆积、压实而成的。他在他的山上工作，从他的山上审视。

天开始下起小雨，孩子们匆匆回到室内。我清楚地看见菲克雷出现在他的小丘上。快！我从侧门对他说，向着房屋做手势。别在雨中，进屋吧。他停留在他站的地方，双眼无尽悲伤。请千万，千万，进屋吧，我恳求道。他在外面而我们会在屋内，不是永远，但会持续很长很长一段时间。

我压抑住哭声，这样孩子们就不会听到我了，但几个月后，他们会说，妈咪，我们过去常常听见你在花园里哭。

第二天早上，我回到床上，孩子们离开后屋子非常安静。我像只动物般哀号，然后睡着了，菲克雷恰好来到我的梦境边缘，没有讲故事，仅仅是出现，仿佛一位母亲在发烧的孩子的病床前。我想，我在余生中都会让早晨空闲下来，这样我就可以再回到床上，希望在那里遇见他。他会握住我的手，将我带到某处。他在睡眠的边缘，我只需要去那儿和他在一起。每天早上我都会再去睡觉，在梦的空间里和他相遇，这样我就能够继续我的一天。

啊，我亲爱的，你去了哪里？我如此强烈地感觉到你就在某处，但不是这儿。在另一个梦里，你走向我，掉了一只牙齿，穿着一件陌生的红夹克；我知道你拥有的每一件服装，细至最后一只袜子和背心。你在那里是否交朋友，是否有伴？我以为你只需要我们。

我梦到我在非洲找到你，你走在一条红色尘土路上。但那不是你；这个菲克雷比真实的你要胖，他的皮肤下有一些黄油层。我退后，看着那个人拥抱孩子们，以确定是否真的是他。是的，他，是的；你回来了；我们找到你了。很快我们忙乱起来，正如过去的岁月。

但这个菲克雷，这个菲克雷——不，他不是我的菲克雷。在梦中，我在非洲乘坐公共汽车，注意灯光的特征，它多明亮啊，天空多广阔啊，我想起每个人在各个场合都说过或写过的短语"在非洲的天空下"。我想我得去非洲找他。但他不再在那儿。他离开了非洲。

第二天早晨，孩子们走后我又回到床上，我梦到屋子充满了陌生人，一场婚礼很快就要开始。都是白人，穿着白衣服。我一个也不认识；他们游荡在我的草坪上，仿佛我曾觉得美丽的三角叶杨絮。所有窗户都敞开着。我找到婚礼承办者，说这是我的家！你不属于这里！但她听不见我。然后她对她的同事说道："这就是阿杜利斯餐厅名厨居住的房子。他现在在楼上，我们的厨师希望有幸能和他见面！"

我一次上三级台阶，然后看到菲克雷在那里。"厨师来见你了！"我说，"让我帮你穿衣服吧！"他将衣服递给我，我帮他穿上裤子和夹克。

他递给我一件红色的夹克。我之前从未见过它。他冲我微笑，一只牙齿掉了。那时，我意识到，什么是真的。我就是这样知道不是他，不是活着的他。

他那样紧紧地拥抱我，我都喘不过气来。我真抱歉，莉齐，莉齐，莉齐，我的爱人。

然后他不见了。我自己的哀号将我弄醒了。他不会再来我的梦中，甚至不会去边缘。很快，当我去花园找他时，他永远不在那儿了。他死后的的确确在那儿，但现在他不在。

十

吃燕麦片和亚麻籽的苗条的人死去了，而满不在乎地吃培根的胖子活了下来。

抽烟的人没有得癌症或肺气肿，虽然他的妻子总是担心他会，但相反地，在摔到地上前他因心脏停搏而死去。

那个因生活而受苦的人，在每一天中找到真正的快乐。

你注视着斑点看它是否会变大，你注视天空中的斑点，希望是星星，但它是一架飞机。事物并不总是它们看起来那样。那个苗条、健康而生气勃勃的男人有着明亮的褐色皮肤和眼睛，以及整齐洁白的牙齿，事实上，正如医生们后来说的，他是俗话所说的滴答作响的定时炸弹，四根动脉有三根几乎完全堵住，这是任何压力测试都没有告诉我们的。他为之担忧的臀部的褐色痣竟然没什么关系，只是天然色素斑点。

有时微笑的人并不开心，但菲克雷相信你的外在反映了你的内在。他吃蓝莓，带着瑜伽的抱负倒立，忠实地在跑步机上行走，推开奶酪。

他去世后，一位心脏病专家对我说，他相信战争中成长的压力和难民的经历影响了他的心脏。

有些干了坏事的人活到一百岁。菲克雷正好活到五十岁，他从不干坏事，从未撒过哪怕是一个谎。

地球看起来很结实，事实上，它只是一个排水口，或将会是。事物有一半是它们看起来的样子。另一半，谁知道呢。这一直都是事实。而现在我必须知道这个。

十一

1998 年 4 月 18 日，一个阴郁而有雾的春日，我第一次成为一位母亲。今天这个母亲节是我的第十四个母亲节，那个帮我将两个儿子带入这个世界的接生婆给我写了一封邮件，回忆我两次怀孕和生产期间菲克雷是一位多么用心的伴侣。所罗和西蒙，他生命中的爱。他们给予他身体上的爱直到他最后的日子，这给了他在旅途中需要的所有力量。

我在我的电脑文件里找到一首菲克雷写给所罗门的诗，我从未有过地理解了孩子们使他免受了什么：

乡土爵士乐喧闹，有毒。我被
速度和尖叫遮盖，一个音符清楚地
尖叫。它们意识到
我快速移动，将一切事物留在身后

只为赶上更多将突然
发生的事物。速度。
我也尖叫，被传染，被举起

"我看见月亮，爸爸"
我时而
听见
是的我们几乎每天都好几次
看见月亮。"我看见飞机，爸爸"
我们还看见
狮子，老虎，犀牛，河马，
毛驴，矮脚鸡，母鸡，小鸡小鸡，
短吻鳄，鳄鱼，蛇，蟾蜍，
青蛙，鱼，鸟，红鸟，猫

小狗，奶牛，绵羊，山羊，丛林狼，
虫子，蝴蝶，蜜蜂，蚂蚁，鲸鱼，海狮，
白鲸，汽车，卡车，家和更多的家

和我儿子一起骑车
就是这样
看见那隐形的

我的儿子
他一岁零十个月

他长了全部的牙
他安静
他充满好奇

并且歌唱。

十二

我肯定我可以永远等他回来。我让客厅里的灯亮着，那盏灯对着街。如果我耐心的话，他会回来。如果我整夜坐在门廊上，他会在黎明时到来。他会永远等我；他从不会不在那儿等我。我可以等待等待又等待，多久都可以。

去旅行了？藏在楼梯下爬行的空间里？看望一位生病的亲戚？在拐角处，挤奶和捡鸡蛋？坐在咖啡馆迷失于一本深奥的书？

我会一直等到他回到我身边。他会回来，发现孩子们长高了，也许结婚了，也许有了以他命名的孩子。他会回来，发现我平静地穿着浆过的裙子，戴着帽子，在他离开的那座木构建筑处等待。

昨晚我以为他在我梦中踩着滑板出现，但当然，那不是他。他转身对我微笑，是别人，然后滑走了。

我在变老而他没有。

十三

　　我得去画室确保它是安全的。那里可能有易燃物质松脂。我不知道我会发现什么。我最喜爱的两个来自艺术学校的学生龙尼和肯尼说他们会和我一起来。

　　当我们刚进去时，那个空间里的生命力简直使我屈膝投降。他绝对在那里，但当然他不在。他把画室收拾得整洁有序。我开始看清那里有什么——成百上千的油画，更不要说照片、多媒体作品、动画短片、木炭画和蜡笔速写，以及更多——我看到他一直在做的是创造大量的作品，丰富而完整。我看过他在某个时刻画的每一条线和做的每一个标记，但把所有的东西都放在一起是另一回事。他离开了我们，而将他的双眼留在这世上。

　　龙尼和肯尼处理了需要处理的东西：颜料浸透的干硬抹布，半满的颜料稀释剂马口铁罐。然后一步步地，他们给一切都拍下照片，后来做成拼贴画送给我。画架

上有一幅他在地球上最后一天画的画。那是一个骑手，
迅速而充满活力的笔触，他正离开画布，朝向看不见的
某物，闪电般快速。

十四

　　一场飓风就要来临，而菲克雷不在这里。孩子们照看房屋，成为男人，所罗趴着想弄清楚如何清理废物堵塞的下水道，西蒙则将草坪上的家具翻转吊起，将巨大的节日南瓜移到房屋旁边。你在哪里，菲基，我不停地说。这场暴风雨会将你带来，将你吹到门阶上，头发凌乱却在这里吗？前一阵子，西蒙梦见他找到了你。你被锁在小盒子里过了两周，你很饿，但很好。这一切都是一个可怕的错误。

　　我在考虑那些忘记的事。我记得我母亲在所罗五个月大时来访，看我给他换尿布和穿衣服。你意识到你做那个变得多好了吗？她说，我几乎不记得头几天和头几星期，那笨拙的折叠，他那婴儿的身体在我手中踉踉跄跄。我唯一能感觉到的就是我们在家的时刻，在那期间，我知道了如何照顾我的孩子。

菲克雷换尿布总是又快又整洁。

我们过得更好一些了，我知道。

我不允许自己沉睡。我很警惕。睡眠将死亡带得
太近。

你没有来看我，菲克雷。

飓风是否会将你带回？

整整七个月眼泪一直在我眼里打转，整天，每一天。

你在哪里？你是这暴风雨，这风，这雨，这树叶的
一部分。植物有一天会从格罗夫街墓地中你的骨头里长
出来，我空空的泥床就在你旁边。

我想象你的坟墓有一天会自己长满芍药，我最爱的
花，你为我种的花，它们可靠地在我的生日开放，在每
年的 5 月 30 日。

你几乎总是坚强和健康，你步履轻盈。但每隔几
年，你都会得流感发烧。我会用来自厄立特里亚的叫作
"gabi"的纯棉毛毯将你包起来，抱着发汗的你度过夜晚。
我会照顾你。

在埃米的双手下，你死去前四天，当她在生日聚会
上摩擦你肩膀时你顺从了。

在我的双手下，你死去前五天，你一直是那个不变
的坚强的爱人。

午后的光中，菲克雷在正从树上掉落的明亮的叶

子中。

　　菲克雷无处不在，菲克雷不在任何地方。

　　菲克雷在纽约，坐着看那灯火，写俳句。

十五

我梦到我们坐在孩子们主教学校的小教堂里。在圣托马斯日的早餐，整个社区都会在学校集合，来开始这一天。我在菲克雷最喜欢的针织灰毛衣下感觉到他身体的完美（"我是个爱上一件毛衣的非洲高地人。"他会这样说）；他就在我旁边。我们用洪亮的声音唱着赞美诗："扬声高唱"，"坐下来划船"。数百只纸鹤在这庇护所上空振翼。我们发出快乐的叫声，我们也相信合唱的力量。

我们离开教堂，手牵手步行至转角处的商店。我能感觉到我的手在他手中，就像现在一样。商店的肉筐里只有一只鸡翅膀和一块猪排——没有牛奶，没有面包，也没有鸡蛋，架子都怪异地空着。灯光变了。然后他就从梦中消失。

我大哭着，将自己弄醒了。我的床、卧室、房子，都弥漫着悲伤。悲伤如水蒸气，悲伤如烟，悲伤如流沙，悲伤如一片海，悲伤比教堂的歌更喧哗更饱满，悲伤无处不在，无处可去。

十六

这是一个多好的五月的早晨啊，我想象他会出现在我们面前，准备好他的咖啡，然后走进他的花园。他会站在他的山上，给一排排植物浇水，整理他这一天的思绪。现在我们将怎样种植菜园呢？我们将怎样使成排的植物变得稀疏呢？我的孩子们知道他所爱的，我也知道，他在我们面前总是那样坚定，总是那样训练有素。但是啊，多希望有个机会道别，有个机会再次告诉他。

我为何像在他五十岁生日时那样说话？我说了"再见"。

他为何以我的名义买那些彩票？为何当他输掉彩票时他如此生气？

为何画室如此整洁？

我在全食超市偶然遇见彼得神父，这使我突然想到一个笑话中的句子：一位穿 T 恤戴洋基队帽的神父在全食超市推一辆购物车。"我以为这是上帝带给你的食物。"我说，然后我们大笑。他为我们主持了婚礼，给两个孩子受洗，在圣巴巴拉教堂向菲克雷的灵魂布道，让它到达彼岸。他总是给我们留有余地，让我们作为人群中的局外人，因为我并非在正教中长大，而菲克雷是个无神论者，去教堂是他童年的社区成长记忆中珍贵的一部分，但并非他成年后想继续的宗教习惯。

谁是那个吸引了鸟群的圣人？我问彼得神父。

他答道："圣·弗朗西斯，他张开他的双臂，犹如翅膀，一群鸟在那里降落，鸽子、百灵鸟、麻雀，还有猫头鹰。一群人聚集，尽管他们语言不同，他们都能理解他。圣·弗朗西斯说意大利语，但每一位听众都听到他们自己语言的鸟的布道。每只鸟重复圣·弗朗西斯说的话，但每只都说不同的语言，所以每位听众都能听懂。"

是的，我说，对，接着我告诉他一个我们家的故事：

"有一天我们都去了科德角的北美山雀森林。我没有太兴奋；我是一个城市女孩，不想要鸟儿靠近我。当我们进入森林深处，西蒙突然在小径上站住——他只有五岁——张开了他的双臂。山雀来了，将他浑身照亮，光芒遍布在他手臂上，他肩膀上，他头上。他一动不动，微笑着，感觉像是过了很长时间，鸟儿在寂静的森林里啾啾而鸣。"

　　然后我告诉彼得神父西蒙是如何描述天堂，他看到他的父亲在那儿。

　　彼得神父说，"你和菲克雷是受祝福的艺术家，你们以那样的方式理解这个世界，因此你们的亲近是神圣的。有你们这样的父母，你们的孩子们也是受祝福的。因他们的父亲，你的孩子们将永远受到祝福。那永不改变。"

　　然后他说，"永远不要让任何人使你内疚，或干预你所知的你那神圣的爱。"

　　我们拥抱，然后我离开了，在接受了我很显然需要的布道之后，什么也没买。那要是我没买东西又怎样呢，我想。我们今晚吃麦片！我感觉完全相信了彼得神父的话。那些我对自己重复的闪光的话语：神圣的爱。

十七

五月在我的五十岁生日中结束。我曾想和菲克雷共同举办生日聚会，一百岁的生日聚会。在我们纽黑文充满老房子和知识分子的街坊，人们有时为他们的房子举办百岁生日聚会，这让我感觉非常像新英格兰，在某种程度上我们并不是。但我们一起活到一百岁的想法真是棒极了。

我拒绝过生日。我将等待这个生日结束，我重复道。但乔安妮坚持，"你得过生日。"她和埃米为我举办了一场小型聚会，我们在他们家里和我们的孩子们、我的父母、马克、特拉西还有阿朗德拉聚餐，尽情跟随儿童DJ街舞歌曲跳舞，然后听一位在世的女民谣歌手唱歌，她的歌让成年人哭泣。乔安妮是对的：你不能阻止你的生日来临，所以你不如庆祝自己活着。

我不是在黑色的教堂里伴随黑人圣歌长大。我从未曾像现在这样理解他们。他们的诗歌纯净而深刻。"我在悲伤之厨房，舔完所有罐子。无人知道我看见的麻烦。偷偷走向耶稣吧。我不会在这里待得太久。"我想起我教过无数次的弗雷德里克·道格拉斯的名言：

　　"当我是个奴隶时，我并不完全懂得那些粗俗而明显不连贯的歌曲的深层含义……过去常有评论，说奴隶是世界上最满足最快乐的劳动者，他们的舞蹈和歌唱都被提及，用来证明这可疑的事实；但因为他们有时发出快乐的声音就假设他们是快乐的是一个极大的错误。奴隶的歌曲代表了他们的悲伤，而不是快乐。仿佛眼泪对疼痛的心是一种宽慰。"

　　"奴隶们在最不快乐的时候唱得最多，"他写下这名句。歌曲上升、沸腾，作为这悲伤的唯一适当表达，作为唯一可能对抗这黯然失色的悲伤之壁垒。

　　我没有梦够菲克雷，因为我潜意识里是警惕的。我希望没有人被我的能力愚弄。悲伤之水继续不断冲刷。

　　少有几个安全区域是清晰的，仿佛使用了红外线。在那些区域外，有着自由下落。

　　孩子们迷上了哗众取宠的报刊上关于即将来临的僵尸大灾变以及死者变为食肉生物的故事。我不理会这些，但他们的信仰持续存在。

我的五十岁生日，鲜花不断送来，卡片、庆祝，以及爱。我们中的一个仍在这儿。

　　原以为你们可以一起活到一百岁，我母亲说。

十八

缺乏宗教文化的悲伤意味着什么？我是双重意义上的圣公会教徒——一位非洲撒克逊人——但长大的过程中并未去教堂，尽管我直到大学前都在圣·马克教堂的一间工作室学芭蕾和现代舞，与做服务的一群人一起表演。艺术无疑是我的宗教。我相信选择的家庭，特别是随着我的变老。我相信某种包容的黑人文化，我是它的一部分——"兼容并蓄的"，用菲克雷喜欢的词来说——但我也意识到那种归属感背后的浪漫。"我感觉非常犹太人，"我在脑海里不停听见，没有去想我的牙买加犹太人曾祖父，而是想着对一种宗教文化的希冀，它敬畏这个词并告诉你要做什么：犹太新年。敬畏的日子。邀请死者来犹太结茅节。似乎一切事物都有一种诗意的仪式。我不是黑人浸礼会教徒，掉入悲伤后被富有同情的教区居民同伴们的双手托起。我也不是一位哀号着穿过屋子的厄立特里亚妇女，菲克雷 hawe，菲克雷 hawe，意思是，菲克雷，你在哪里？但我想要形成习惯，在一年的每个黄昏都这样祈祷，我想要它们美好而有意义。我想服丧七日，想要邻居们在周末来到，陪伴我的家人走过街区，引领我们进入阳光。

村庄在哪里？我记得我有了第一个孩子时我这样想。我的姐妹在哪里？当我吃力地哺乳，因为我没有亲姐妹，而我的母亲属于那样一代人，那时婴幼儿奶粉是萌芽的妇女解放运动的一种奇迹。我的婆婆稍微向我展示了一些，尽管我们没有共同语言。我们的确有身为母亲的共同语言和行为。然而没有村庄我并不孤独，没有同样是母亲的姐妹我并不孤独，因为我有菲克雷。

我希望你没有完全变成基督徒，西蒙说，当他回家发现我不寻常地播放着福音音乐。我没有，但我在以一种全新的方式聆听马哈丽亚·杰克逊。"我是如何度过，我的灵魂在惊讶中回顾，"我第一次听见这句。那首歌中的感激在我心中升腾，谢谢这个词一遍又一遍重复。我的灵魂的确在惊讶中回顾：我曾有菲克雷；我有菲克雷；我有这些非凡的孩子们；我有一座村庄；我有一种艺术形式；我是黑人，我们是非洲人；我们来自幸存者和身体力行者；我的父母智慧而坚强；我身体强壮；我无界限或无条件地被爱着；我存在于时间和环境中，而不是漂浮在空间里；与一些人相比，我的麻烦微不足道；我的麻烦并非没完没了；我的日子还没过完。

《我是如何度过》是金博士最喜欢的歌曲之一，杰克逊小姐三月前刚在华盛顿唱过，还有"我一直被指责，我一直被轻蔑"。当他进行那非凡的演讲时有过短暂的结巴，她鼓舞着他——"告诉他们那个梦想，马丁！"——她的声音使数百万人情绪高昂。今天我在这首歌中听见作为一个民族我们是谁，以及我们如何穿过那悲伤，它如此亲近而私人，但事实上却属于几代人。她何时第一次唱《我是如何度过》是一个问题，我是如何幸存的？但那之后，这个短语是一个回答，它被以不同的变音唱出，使人联想到种种相遇。就是这样，就是这样。

大约在这首歌的中途，马哈丽亚·杰克逊感动地鼓掌和跺脚，那首歌现在完完全全在她身体里，将她带去未知的国度。然后，这首歌变得令人惊讶："我是如何度过！"缺乏有组织的宗教，而富于信仰，以歌和艺术、食物和强大的武器的形式展现的信仰。

当你们成为一个家庭，你们创造共同的文化。菲克雷和我共享文化，融入彼此，很快创造了一种无法忘却的家庭文化。我们各自在世界各地长大似乎完全无关紧要。当他用提格里尼亚语说梦话，我记得。我记得有时我们的整个关系，以及他生命的大部分时间，都发生于他的第四语言当中。

令人震惊的是，从我们的共同文化中跌跌撞撞地走出，进入各自不同的世界，却突遇了死亡和死去的仪式。他不再在这里担任最终的媒介或译者，那个挑选出重要的东西的人。我面临着纯粹的文化，没有人可协商条约。

一种奇怪的意识，除了我们自己的文化，世界上存在任何文化。

IV

所有书店的幽灵

一

　　他死那天，我们四人正好是相同的身高，刚过五点
九英尺。我们前一周在食品储藏室的门口给孩子们量
过。那仿佛是一个完美的和谐，一家人身高相同但体型
不同。现在孩子们长得比我高，也比他们的父亲高了。
他们似乎一天天在长大；他们豆茎般朝向天空生长。

　　一周又一周，我继续看他们和我们亲爱的杰拉尔丁
教练练习篮球。我听他们如何用低沉的声音喊出"球"，
杰拉尔丁教练告诉所罗，"强大起来！"或者像他父亲
那样告诉他："永远不要比你本身弱小。"强大起来。
我看着年轻男队员们如何故意威胁彼此，如何展现他们
的男子气概，在每个人的脸上，克制的好斗情绪有时爆
发出来，看他们如何控制这好斗。我看着他们将彼此撞
倒又帮助彼此站起来。我看着他们掌握球场和街区的行
为规范。我看着他们练习摇晃。他们嗅闻彼此，正如俗

话所说，真正嗅闻他们的恐惧，感受他们雄性的潜能。当他们进了一个三分球，我看见他们洋洋得意，看见他们抢得篮板球时如何对彼此大声叫道"王八蛋"。当每一项都很好地完成时，我看见他们如何触摸彼此，建立年轻人之间的友谊，他们在一位鼓舞人心的女教练的带领下，在这体育馆里学会如何一起变得强大，她爱他们，向他们展示如何变得强大、熟练、有见识。在他们父亲的身体突然停止运行后，孩子们充分生活在他们的肉体性中。

西蒙的踝骨在他的裤边下闪耀。他抱怨他的腿受伤了，确实，他的脚趾长长了，挤压到他的鞋跟。

他对成长似乎渴望又激动。那感觉就像生活本身持续不断的动力。菲克雷希望他的儿子们长大，超过他。如果我能听见他，我会听见他为这最新的进展而大笑。

二

西蒙告诉我他接连做了三个梦：

第一个梦中，他去地下室发现爸爸坐在跑步机上，抚摸着头说，哇，我摔倒时真撞到脑袋了。第二个梦中，他和他的哥哥到了医院，我告诉他们，医生已经尽力了，而最后一件竟然有效果了！然后爸爸头上系着绷带出来，微笑着。第三个梦中，爸爸在天堂里，穿着他特别喜欢的亮粉色衬衫。我今晚要和上帝共进晚餐！他说。我试图留傅满洲那样的八字胡——在天堂里你可以做任何事情！在梦里,他告诉西蒙在天堂他和杰克逊·波洛克坐在一起聊绘画，尽管杰克逊·波洛克应该并不太友好。

爱上并和一位画家一起生活意味着惊奇于他们能看见而你看不见的事物间的间隙，以及他们自己创造的间隙。白色油画布，黑色墙壁，他的视野。

今天我看见他在他不存在之处：在我办公室的窗外，穿着明亮的衣服，挥着手。我跳起来让他进入楼房。他给我带来了加蜂蜜的绿茶，然后坐在我的办公室里读我书架上的什么，任何东西，而我在我们去看电影之前完成工作。我喜欢在你的空间里，他说，一如往常。他在他喜欢在的地方，在我办公室的沙发上，读他随意从书架上抽出的我的任何一本书。今夜是泰茹·科尔的《开放城市》，里面讲一个来自尼日利亚的新近移民走在纽约街上，思考，阅读，聊天，偶遇人们，讲述他那双新的眼睛所见的、对于身份问题的巧妙沉思。

拉比·波内特将犹太人描述为爱读书的人及书的好色之徒。他想象我们与我们觉得神圣的书籍跳舞。我可以看见菲克雷同他喜欢的书籍跳舞。当他还是个孩子时，他在意大利学校的昵称是"mangia-libro"，吃书人，他就那样爱书。

我看到他在家里的小红沙发上，阅读普里莫·莱维的《周期表》。

我圣诞节时在波多黎各看到他坐在走廊的摇椅上，阅读《黑伯爵：光荣、革命、背叛与真实的基督山伯爵》。

我在飞机上看到他隔着通道坐在我对面，阅读《瑜伽杂志》。

当我翻开他为我买的《黑人妇女保健书》，他正在读它，三三两两的彩票飘了出来。

耶鲁大学的艺术史学家西尔维娅·布恩葬在格罗夫街公墓。她的著作是《来自水域的光芒：门迪人艺术中女性美的理想》。她是耶鲁第一位黑人女性终身教师，一段感觉很近的历史，因为我才是第三位。她的墓碑是一种西非奇迹，玫瑰色的大理石上蚀刻着贝壳和一个她写过的 Sowei 面具[1]。菲克雷和我有时会散步到那儿，坐着聊天。她是非洲移民社群和其非凡理念的某种守护天使；她那洋溢着黑人之美的发音感觉像是一种祝福。在她早期关于西非之旅的书中——布恩跟马尔科姆·X、夸梅·恩克鲁玛、W. E. B. 杜波依斯和玛雅·安热卢一起工作——她写道，旅者应该总是在一个新的国家做买彩票这样"迷人、充满希望、荒谬"的事情。她称其为"买一个机会"。这会让你觉得幸运，仿佛会发生什么，即使当"你知道你不会在那儿等待开奖"。

---

1 Sowei 面具：西非部分地区女性戴的一种木制面具。

三

　　他臀部有一个童年时狗咬的伤疤。我们在一起的第一个晚上我吻了它，他深深叹气，问我怎么知道他想要哪里被触碰，他说从没有人碰过那里。我们的恋爱就是那样，用消失的神奇力量治愈每一处旧伤，直到它们都被照料。我们活在时间之外，疗养所有的伤，分享所有故事，然后我们更加坚强，准备好一起继续我们的生活。

　　晚饭时，我问孩子们是否记得那伤疤，他们记得，他们还记得他给一只狗喂饼干时在他手上留下的伤疤。难怪他对狗那么警惕！我们讲了一个有趣的故事，关于爸爸怎样将棍子戳入驴子屁股，而驴子用它的两只后腿踢了爸爸的胃部。非洲故事，故事里有动物，后院的故事，带有教训的故事，幽灵的故事，战争的故事。

　　我们不谈他头上的老伤疤，当他死去时跑步机将它刮去了。那是我们共同的噩梦，我们希望可以不看。那道老伤疤有三英寸，仿佛近乎紫色的丝带跨过他的头皮。

"他从自行车上摔下来，"所罗回想，"他告诉我们，他从自行车上摔下来，他的血染红了阿斯马拉所有的街道。"西蒙梦见过他父亲的头干净愈合了，没有伤疤，他说，那样你就在梦里知道爸爸已经死了。

我们三人都爱他的头，我们抚摸过它。我们是他亲爱的褐色头的看守人和保护者。我们爱我们的手放在他头上的他。

四

我爱过我的朋友

他离开了我

再没什么可说

这首诗结束，

如它开始般柔软——

我爱过我的朋友。

——兰斯顿·休斯

　　当我醒来，看向床上他的那一边，头脑中急速跳动着困惑，我想，我想念我的朋友，就是这么简单。

　　孩子们和我去罗伯特和米歇尔家吃晚饭。他们是那许多宴请我们的亲爱的人们之一。他们已摆好小扁豆汤，肉糕，还有罗伯特的盐渍生鲑鱼，但现在我们感觉到我们可以制定和恪守一个日期，跟那些将会温柔拥抱我们的人们共度一个夜晚。

米歇尔是菲克雷的另一个意大利裔美国姐妹。他们会为彼此烹饪，在厨房讲意大利语，讨论菠菜加小葡萄干和松子的细微差别以及面食形状的优缺点：耳朵面和花边通心粉，波纹贝壳通心粉和斜切通心粉。今晚，她做了意大利面，放了很多洋葱，这是我吃过的最令人安慰和最可口的食物，我们啧啧吃着，仿佛我们之前从未吃过，一边谈论着菲克雷：

"我爱他，"罗伯特说，"不，我爱过他。他是我的朋友。我仍然可以和他说话。"是的，我想，那的确是真的。

但婚姻的友谊部分，是你需要那个人在场的那部分，我想他在我身边。罗伯特跟米歇尔结婚已久，绝对明白这个。是的，我仍然跟他说话。是的，如果我让自己足够安静，我就能想象他会说什么来指引我。但这与友谊本身并不相同，婚姻中的友谊是它自身：友谊在一杯茶里，或一杯酒里，或在每个星期天早上的一杯卡布奇诺咖啡里。友谊在买内衣和内裤之中。友谊在拿起一张处方或援救牵引车之中。友谊在乳房 X 光检查后的电话等待之中。友谊在有条不紊地涂了黄油的面包之中。友谊在铲雪之中。我是你想告诉的那个人。你是我想告诉的那个人。

　　菲克雷非常喜欢用长笑和"女孩子哟"打断我跟亲爱的闺蜜的电话聊天。当他看电视或读书时，他总是想让我在他身边进行那些谈话。"我喜欢听你笑，"他会说。在他身边，是我所怀念的。怀念声音在旁边的亲近。

　　当露西尔·克利夫顿在诗歌《降临于露西尔·克利夫顿身边的光》中写到有一个"不死的过去的声音"和她说话时是什么意思？当那些老人们说"每一只闭上的眼并未沉睡，每一次道别并非离去"时是什么意思？难道爱情不是全在行动之中吗？如果我不能和你一起散步，聊天，直到去困境的另一头，那么我并不是在践行爱情。如果当我准备晚餐时，你给我倒了一杯酒，而我不能通过闲聊分享每一件小事，那你怎会是我的朋友？

　　"我爱过我的朋友。他离开了我。再没什么可说。"

　　几天后，我写信给米歇尔要意大利面条食谱的时候，感觉像是一种进步。她回复道：

　　　　我们是唯一渴望这个的人吗？我回家了，今晚做了这个，我们觉得极其快乐。好吧，这就是做一磅面团调味汁的方法：

　　　　1. 将两到三盎司培根切成四分之一英寸的丁——你需要有一杯——将它们放入大煎锅，放入三茶匙橄榄油。开火煎至培根开始变成褐色。

2.将四只洋葱切成薄片（红的、白的或黄的，或混合）。当培根变成褐色，往锅中加入洋葱、盐和胡椒，然后在油中翻动数次。盖上锅盖，将火尽可能关小，煮四十分钟左右。

3.煮洋葱时，烧一大锅开水，加盐（两茶匙）。当调味汁快煮好时，将意大利面条放入水中，煮至有嚼劲（真的有嚼劲。你真希望被它咬一口。在酱汁中会煮更久）。将面团沥干，加入调味汁，与附在上面的水分一同混合。如果需要的话，往面团上加入更多意面汁和调味汁。

4.最后，加入三茶匙剁碎的西芹，往面团上加三分之一杯磨碎的帕尔玛干酪并摇匀。

这就是最棒的食物！这会让你想在其他面团食物上扔石头。

xoxoxoxo[1]，M

当我做面团时，我想起菲克雷在我们的厨房里教我如何更熟练地用刀和预热锅，以及如何压蒜瓣以使蒜皮

---

1 "hugs and kisses"，"拥抱和亲吻"的略称。

脱落，如何将番茄炖至变甜，以及如何将甜菜烤得跟糖果一样。孩子们和我吃着可口的意大利面条直到吃饱。我们整个身子都是暖的。菲克雷在我们的胃里。

五

我们喜欢吉米·斯科特版本的大卫·伯恩的歌曲《天堂》："天堂是一个什么都不曾发生的地方。"这些天我想象天堂里生活着菲克雷画过的大量棕色天使，但那似乎太花哨了。我从未真正相信天堂，也无法编造它。当小吉米·斯科特唱到"什——么都——不曾发——生"时，他的哀伤似乎正合适。否则如何更好地描述死后无尽的孤独呢？

"当这个吻结束它会再次开始，不会有任何差别，它将完全一样。"他唱道。每个吻都是不变的。它是同样长久的吻，但它将永不改变。那就是安慰，那就是心碎。

一天晚上睡觉时，西蒙问我是否愿意和他一起去看望天堂的菲克雷。

是的，我说，然后躺到他床上。

"首先闭上你的眼睛，"他说，"然后乘坐透明的玻璃电梯。我们就上去了。"

你看见什么了？我问。

上帝坐在门口，他答道。

上帝是什么样子？我问。

就像上帝，他说。现在，我们去爸爸在的地方。

他有两个房间，西蒙说，一间有一张单人床和他的书，另一间他在那里画画。画室很大。他可以从他想的任何窗户往外看然后画画。那个房间有四处景色：我们的后院，他在缅因州画的那个码头，阿斯马拉和新墨西哥州。

新墨西哥州？我问。

是的，西蒙说，火山口长着神奇的草。

啊是呀，我说，破火山口，我们看到囊鼠，长耳大野兔和麋鹿在那里跑过，爸爸叫它草原。

是的。你看见了吗？

我看见了。那光线非常适合画画。他在天堂的床铺是一张单人床。

好了，现在是时候走了，西蒙说。于是我们往下走。

你可以随时和我一起来，他说。

谢谢，亲爱的。

我认为你自己还找不到它，他说，但有一天你会。

六

菲克雷不再来我的梦中，所以送孩子们去上学后我躺在被窝里，想象我的梦境。我半睡着，想象他带着行李走过门口，仿佛从战场归来。

重聚在前门：一位熟人狂躁抑郁的儿子出现在他们的门阶上，在经历了多年的漩涡、蓬乱、臭味和肮脏之后。

《带怒而眠》，他死的前一天晚上我看了这部电影，来自南部的无赖敲响了北方移民的门。

厄立特里亚谚语说，你不能经过朋友的家而不敲门打招呼。

我的父母，纽约公寓里长大的隐私爱好者，在他们的独立式房屋里避开了去敲门。

菲克雷是否会穿着整齐的绿军装，肩上吊着大大的粗呢袋？

他是否在某个地方，因那次头部重击而失忆？

当孩子们脱下他的靴子，在一个锡盆里洗净他的双脚时，当他那些日子里洗净经过他家门口前往东方进行朝圣之旅的修女的双脚时，我是否会仓促地做好他最爱吃的饭菜？

这一切显得那么清晰，你去了哪里？

无论付出什么，直到我死去，我的生活都会是一串面包屑。

但是看啊，我已见过他的身体，所以我知道这是一种难以对付的思想。我已见过它。

七

我还没学会如何使用我们的电视录像机。婚姻的特征之一就是你们会分工。过去的日子里那意味着一个狩猎一个采集；现在它意味着一个知道茶巾放在哪里，而另一个知道如何编程录像机，因为为何我们两个都需要知道呢？

我现在学会了使用录像机，并在节目中发现了他的痕迹。唱片系列下是梅利莎·哈里斯·佩里的新节目。啊，他多爱聪明的黑人女孩啊，特别是可爱的女孩。昆达利妮瑜伽。《新星》《美国大师》《无名》，这是给我的。我会狂看他的作品（卢·罗尔斯！唐娜·萨默！沙拉马尔！）。我的黑人妻子，他会说，带着最温暖最好笑的微笑。

现在我清除那些设置中的一些，给新事物让出地方：NBA 全明星赛，《丑闻》，《切碎》。我清除《如果还有明天》；那个节目完结了，最后那位中年妇女死了。丈夫心脏病发作但活了下来。我独自看了那个节目的结局，菲克雷以前和我一起开始看，然后哭了，诅咒那个从悬崖边活着回来的丈夫。

他永远不会不考虑我们，他触碰的一切都包含了对我们的考虑，包括那台陌生的电视。

我最后一次跟心脏病专家进行我需要的通话，他对我确切地解释发生了什么。基于他的验尸报告，他很可能在倒地前就死了，他事先可能觉得有点不舒服，但事情就像闪电，没有时间感到恐惧或疼痛。

然后他告诉我那位在讲台上心脏病发作的牧师，那时他正进行复活节耶稣复活的布道，教堂在消防队边上，他们马上就来帮助他了，于是他活了下来，后来说他一度到了悬崖边上。他看见了他的母亲，宁静而美丽。他很遗憾回来。

我后来一直为他的电话支付了一年半的费用，因为我不想失去那些短信，但我没心思去读或转移他们。电话停了，丢失在房子某处。

可后来我找到了它，是时候了。当西蒙看到手机上他父亲在厨桌边吹生日蜡烛的照片时，他号啕大哭。

他死的那天，两点零八分时给我们的一个侄女鲁瓦姆发了信息，询问她母亲的治疗。

不久后，他发信息给所罗，说他在学校停车场等他们。

对我而言，这完全是深沉的奥秘，生机勃勃、栩栩如生，然后，不见了。菲克雷不在厨桌旁似乎不可能。数月后我写了我第一首贫乏的诗，一次再次沉浸其中的练习：

《拥有四分之三时间的家庭》

我们现在是一张三腿桌，
一个三口之家，曾经是四人。
我们将自己带入新的平衡。
桌子晃动，但并未倒下。

我们仍是一个四口之家，我想，
当我们遇到新的人们，并疑惑
他们是否看得见菲克雷。
我继续在厨桌摆放四人的餐具

买一样分量的食物：四份
三文鱼排，八份薄鸡肉排，
四份小型巧克力闪电泡芙。

我们准备好他的归来。

我看了孩子们在菲克雷五十岁生日那天早上用他的iPhone 拍摄的短视频。他睡着，我环绕着他，假装睡着了，因为我也在接受惊喜之列。孩子们将一个托盘带到我们床前：一朵水仙（采自花园；那是 3 月 21 日），蒸馏咖啡壶，吐司，洒上了金黄色蜂蜜的白酸奶，还有草莓。我们一起在床上吃，那幅画面中一切都重要而真实。所罗是摄影师。西蒙讲了一个又一个笑话，孩子们大笑起来。其中一个唱了首歌。

八

花的语言不是我成长中所知的语言。我在城市长大，在华盛顿，是从纽约哈勒姆公寓移居过来的人的孩子，他们不知道如何种植。春天，我们的连栋住宅的人行道上有母亲种的番红花，我记得我祖母——出生于亚拉巴马州的塞尔马，在伯明翰长大，然后是华盛顿——她提倡我们种耐寒的富贵草，她达勒姆的姐姐用它来做地被植物。

当我还是华盛顿的一个小女孩时，我喜欢坐在我们819"C"号东南街小小的前院里，在山茱萸树下寻找四叶草。三叶草是我仅知的"花"；那是我在"自然"中度过的时间。一个家庭笑话是这样的，他们说，当我第一次被放到草地上爬时，我号啕大哭。在我的小学，停车场周围长着忍冬藤和桑树；春天，我最好的朋友和我会在隐蔽处贪婪地吃，想象我们在荒野中觅食。雨水坑似乎跟湖或池塘一样重要。在我长大的 60 年代，我们临近街坊中的乡下人仍住在国会山上。我可以看见他们在前院吹风，而我们家会在夏天的夜晚散步。他们的院子里长着天竺葵，还有其他我认为是黑人地域的植物，黑人的花。尽管我成年了，但我家几乎不存在没有鲜花的时刻——一只水杯里甚至有一把蒲公英——直到我认识菲克雷，搬进我们的房子，我才开始认识花朵。

现在，在他死后的第一个春天，他种在花园里的静谧的生命出现了。一个小小的组合在车道的拐角处升起：一株麝香兰茎，学名 muscari，源自"麝香"，指那醉人的芳香，菲克雷知道那是我最喜欢闻的春的预兆。一种稀有、几乎是深褐色的郁金香，我现在知道它们最初种在工艺美术时代，用来搭配跟我们的房子相仿的那些房屋。一株闪亮、带褶边的紫黑色鹦鹉郁金香让人感觉就像维多利亚时代晚期，正如这栋房子的年代。整丛组成了一幅神秘、陌生而绚丽的小幅静物画，如菲克雷的画那样仔细地被创造出来，带着不断展开的历史、词源学和指示物。

花园里每一处花群都是一个故事：白色和粉条纹的芍药，它们总在 5 月 30 日我生日时绽放，那是他每年送给我的礼物。在我生日的早上，向来都会有一枝芍药被剪下来、插到一只饮用矮玻璃杯里来迎接我，它的花蕾上沾满清晨的露水，经常还有一只小甲壳虫。这个春天，我知道了我们的芍药是并蒂花枝，这最稀有，也是园艺家们最尊敬的。菲克雷没看到它们长到这个阶段，但他比我目前所知的任何人都要有耐心，他知道它们会在未来开放。今年的芍药是品红和白色，它们开得像学步孩童那样大，很快就凋零腐烂，花瓣变成褐色，在泥土中枯萎。直到接下来的一年它们才完全消失。

我沿着屋子的拐角看去，看到紫色和白色的攀爬的铁线莲——如果星星可以是紫色的，那么这就是紫色的星星——它们爬过侧门，同时爬上利文斯顿街的栅栏。我们的朋友辛迪和迪克曾过来吃晚餐，辛迪走过花园，对这铁线莲惊叹。他怎么让它长得那么茂密的？那些日子我的孩子们称呼彼此"兄弟"，代替了他们的名字，鲍勃·马利的关于离散之爱和正义的福音音乐每天在他们年轻的耳边播放。

然后，这个早上，在后院绽放着巨大的奶油色和杏黄色的褶边鸢尾。我之前从未见过这些。我将孩子们带到窗前，一次一个。"看，"我说，"爸爸在跟我们打招呼。"穿过茎和花朵，他的双手触摸球茎。"嗨，亲爱的，"我说，然后我听见他说，嗨，亲爱的，那种疼痛完全是新鲜的，那缺失一步步呈现于经过之处。我没有感觉到安慰。我仍然感到迷失，古代称为"走向迷途"：被引诱进入森林，进入想象的旷野之中。我是不是永远不能再对他说话？

我再次看着鸢尾的色彩。这出现在他的许多抽象画中。纽黑文意大利印刷工厂生产了一系列他的书的复制本，他们不断来到工作室修正颜色，因为他们说"这种颜色不存在"。它只存在于他的画中。

菲克雷不画他所见的。他在头脑中观看，然后画画，继而重新发现所画的那些花。他画那些他想继续看到的东西。他画他想让这个世界看到的东西，他画画是为了让某些东西固定在适当的位置。因此我写作是为了让他永存，让我在他的陪伴中度过时间，让我记得，即使我知道我永远不会忘记。"这就像我长大的那个院子。"他说，当我们第一次参观那座房子。他在院子里蹲下，仿佛那是要耕种的土地。院子：家庭在这里是安全的，即使在他们并不安全的时候。在这里家庭成为家庭。

花朵存活，它们如此完美，并影响着我们；它们是上帝的荣耀，它们使我们知道我们为什么活着和成为人类，我们看见。它们美丽，而后凋零、腐烂，回到生育它们的土地。

九

昨晚，自菲克雷死后，我第一次进书店。啊，我想，我一直在回避这个，因为他是所有书店的幽灵。他在历史区或艺术区或园艺区，看书并将它们堆放。他会为儿童图书馆收集书本，比他们能够读的更多，比我认为会使他们感兴趣的更多，我们会为此烦恼。我会建议从这堆书中去掉一些。他会说，这就让整个设计破碎了。我说，我们要将它们放哪儿呢？他会说，我们会买一栋更大的房子，然后我们就会大笑起来。

我亲爱的，你不在这家书店。你带回家一袋我永远都不会知其全部的书，因为你不会向我展示它们。我想到我失去的知识，所有我永远不会知道的东西，因为你不在这里来告诉我。我不能问问题，我不会被提醒。不再能——尽管我仍然能——对孩子们说，"那是个爸爸的问题。"当他们问到关于伯罗奔尼撒战争，或红色高棉，或拉丁词尾变化，或二次公式，或石灰岩床上的落水池是如何形成的。你拥有所有知识，你拥有所有好奇心，你是书之上帝和深邃的知识库，你是轻率声明之敌，菲克雷·盖布雷耶苏斯，所有书店的幽灵。

十

你六岁，你的弟弟四岁，我母亲说。一整天过去了，一个愉快的日子，最后，我知道某些事情有些不同，但我不太确定是什么。啊，就是它！我对自己说。今日无人哭泣！六年以来的第一次，无人哭泣！

以前我们常常嘲笑孩子们小时候哭了又停，像夏天的暴风雨一样在逐渐消失的阳光下干了眼泪，很快结束但又永远在哭。

今晚我想着那个短语。"今日无人哭泣。"已经十个月，几乎一年。今天我没有哭泣。昨天我哭了。明天我可能会大哭。但今天我没有哭泣，我的两个儿子也没有，尽管基本上我是那个仍然哭泣的人。这不是一种成就，只是一种默默守候，但它标志着时间的流逝。

第二天，西蒙哭了，他想起他父亲死的那天，想起他找到他，第一个找到他，想知道死是否会伤害他，他想起他父亲下楼去跑步机前对他说的最后一件事是快乐的，"来看我。"

你的确去看他了，我对他说。然后我来了，然后是哥哥。当他的灵魂离开房间，我们和他在一起。他在自己家里，他和我们在一起。

眼泪平息，然后逐渐融入几次强烈的战栗。

过了一会儿，洗澡了，西蒙叫我，"当我哭的时候，我十分悲伤，妈咪，但现在是六分。"

哎哟，他说，现在降到五分了。

从浴室出来他穿上了睡衣。

现在只有三分了。

他刷了牙。

现在都消失了，他说。爸爸死时我们在他身边。

十一

今天菲克雷的弟弟萨勒提醒我他总可以听见他父亲朴素的话——当他离家时他和我的孩子们一样的年纪，后来只见过他父亲几次。但模式形成了。他的父亲曾在他心中，现在仍在他心中。

我看向窗外菲克雷曾坐着抽烟、喝咖啡的地方，我想，他不在那儿。他不坐在那张椅子里。目标是不再看见他在那儿吗？还是总看见他在那儿？目标是用新的情景替代那些珍爱的情景吗？

现在我以不同的方式聆听那些谈论地球上永不消失的能量的人们。当我们离开这栋房子，什么会改变？当我们回来，记忆是否在等待我们？这是否悲伤？

是时候暂时离开这栋房子，明白菲克雷现在有了不同的形式。它不再那么清晰，更多的弥漫，更为本质，更为浓缩。他的身体更少地在这儿，在那儿，而更多地，他在我们下面的土地和我们呼吸的空气里。

　　他死后我第一次去练瑜伽。生命力，吟唱，有节奏地摇摆，摇晃我们的双臂转圈，他们说这是打开我们的同情，对他人的同情，对自己的同情。

　　同情，晃动我们的双臂转圈。

　　同情，我宽敞的心跳动。

　　菲克雷的伟大的心，如此之大以至于它爆炸了。

　　他不累。他还没有死去。

十二

　　尽管那似乎不可能，我和孩子们继续了一场我们久已计划好的旅行，去看在日内瓦和阿维尼翁长大的侄女侄儿和他们的配偶及小孩。这些侄女和侄儿深爱菲克雷，但我们都知道我们必须注意我们的孩子们，这样我们受伤的灵魂就能在这次拜访中前进，穿越薰衣草地和中世纪法国的风景，去阿尔卑斯山区的城镇看奶酪制作，并准备大罐辣炖菜在树下的长桌上吃。然后，所罗、西蒙和我继续去茹克，南法一个小村庄，去看莫娜和拉希德以及他们的孩子迪玛、西姆和拉姆亚：我带菲克雷见的我的部分芝加哥家人，那个奇迹。他们的家庭从开罗、马赛、纽约、巴塞罗那和芝加哥聚集于此，现在有了一个孙子，迪玛四岁的儿子塔里克。

　　那里酷热的太阳感觉就像生活本身，特别是当它下午六点仍然强烈照耀时，我们带着开胃酒到院子里。我们走下布满灰尘的山去市场。莫娜做了顿丰盛的午餐，烤香肠、小胡瓜、米饭、美味的番茄，还有葡萄酒。啊，午饭后我们是怎样睡觉啊，孩子们睡在高高的也门床上，那是考古学家拉姆亚工作旅游时带回来的。进入睡眠，长时间的睡眠。感觉就像菲克雷死后第一次真正的睡眠，第一天后我渴望它。我吸收它，睡觉，睡了又睡。

这儿，在茹克，自菲克雷死后我读了第一本书。在这知识分子的屋中到处都是书。我拿起托尼·朱特的《记忆小屋》。菲克雷非常赞赏朱特的历史和政治写作，但这是另一类书，他在书中写他回想起的童年，他从梦中醒来就口授给他的助理，卢·格里克病[1]毁灭了一切，除了思想和记忆。活在记忆和梦中是一种残酷的安慰。我读着这本书，然后又读了更多，仿佛第一次发现我事实上可以阅读。阅读使菲克雷离得更近。

"我和菲克雷谈论的话题是最广阔的，"拉希德说。西姆和他父亲在屋顶上，清理夏天的高温烧焦的树枝。我看见拉希德和菲克雷在埃奇希尔路审视屋子，正如他们喜欢的那样，并决定哪些悬在屋上的树枝需要弄下来，以及如何将抽水机带到淹水的地下室。当然菲克雷应该在那儿，我们都说。我跟那些我深爱着的年轻人聊天，

---

1 卢·格里克病：肌肉萎缩性侧索硬化症。

那时他们是青少年，现在是令人愉快的成年人，当所罗和西蒙在屋内睡觉时，他们在院子里待到深夜。他们最开始认识和爱上我，然后他们认识和爱上他，我们构成一个家。

一天又一天，我坐着看书，然后睡着，醒来喝冰镇的茴香酒，塔里克将他的头放在我膝上，用夸张的法语发出奶酪的名称逗我们开心。那里总是有孩子，那里也总是有老人。我们的大部分生活就居于其间。当我们生下孩子，我们片刻地成为王室——世界拉出它的椅子给孕妇坐——但很快我们再次成为工蜂，照料那些年幼的。"除了复杂的死，生还是什么？"诗人迈克尔·哈珀写道。开始，结束，大部分时间在中间。

十三

我开始觉得我正带着一个圣诞老人的礼物袋，因为我知道菲克雷想过和感觉到的所有事情。我知道这些事物，只是我，仅是我。每一天，一整天，他将它们给予我。我是他的人；他告诉我他想到的一切。我在一家咖啡馆遇到镇上的一位瑜伽师，我向我隐形的袋子伸手，告诉她菲克雷多么尊敬她的教学，以及她耐心的纠正，有一天他从她的课堂回家是怎样地激动，他第一次完成了头部倒立。我遇到一个邻居，告诉她菲克雷认为她美丽又性感，当她和她丈夫下次来吃饭时他还打算做一罐奶油糖果，在奶油上撒上盐之花来使她高兴。我告诉她当我们在他们家吃饭时，她做的真空低温蛋多么使他惊奇：一个油滑蛋黄的鸡蛋，一堆日式面包粉，外部是熏制的辣椒粉，不像任何他此前见过或想象的东西。

我告诉一位来自音乐系的同事，当他们在音乐学校等孩子们的时候，他多么爱和她谈论她对佳美兰的专业知识。佳美兰，狄洁里都号角，新西兰亚麻，世界上的乐器使他着迷。他总想学一种或另一种。我告诉一位朋友，菲克雷喜欢你和他在天然食品市场谈论的关于篮球运动员林书豪对纽约尼克斯队连胜的谈话。"林来疯"好几个星期里使我们整个屋子着迷。菲克雷完全相信你的天赋，我提到，这遗传给了一位最终追求艺术的侄女，我们总认为她应该这样。菲克雷告诉我，你是他最信任的和孩子们待在一起的人，你的屋子是他唯一愿意让他们睡觉的屋子。菲克雷通常不喜欢土豆沙拉，但他会很高兴每天吃你的土豆沙拉。菲克雷爱你就像姐妹。至于诗人朋友们：菲克雷将你们的书放在工作室，当你最近的诗集出版时，我们有过激烈的争夺——他将它从我的床头桌偷走了。还有一位朋友我没有告诉他，他死的那天在读你的诗集。那是他读的最后一本书。

十四

　　一年后，是时候对画室做出决定了。给它拍了照片，它正像他离开时那样，每张桌面都是一幅他的静物画艺术练习，每块调色板都是一幅画。基·乔将画按照尺寸分类，将所有882幅画拂去尘埃，做好标记，还有速写、照片和小金属雕塑。

　　我们会将没有用过的物资放到一边，卖给艺术生或送给艺术家朋友：一卷卷软纸，一罐罐没开封的上等油画颜料和丙烯颜料，桌椅、长宽为二寸和四寸的管子及聚氯乙烯管、金属丝和喷胶器。椰壳和叫作"mishrafat"的用来冷却烤咖啡的草垫。然后我会弄清楚哪些东西要在一些标记的箱子里保存，箱子上面会写着"爸爸的画室"，让孩子们有一天能做些什么或不做什么。

　　预料到要扔掉他的画笔使我不安。它们某种程度上是有生命的，他的DNA在画笔的纤维里。我发现一个装有最好画笔的盒子，是貂毛做的。我得知它们会自然地逐渐变细，形成一个画家们珍视的尖端。有些画笔是松鼠毛制成的，有些是猪毛，有些是人造骆驼毛——因为骆驼毛太毛茸茸了又卷曲，不能做好画笔——公牛，矮马和山羊。菲克雷从不和我谈论这个，但当我了解画笔时，我轻轻笑了，因为我知道他知道一切我现在正在学习的事情，我也知道他觉得这很迷人。感觉就像他几乎分享他所知道的一切，当然我们每个人都是无限的。画笔的质量等级是我在他死后学会的。他不在这里教我，但没有他我就不会了解。

紫貂是一种貂。对菲克雷的每一次沉思都是学习某些东西的尝试，我此前并不知道的东西。我的朋友埃琳娜，自菲克雷死后我一直没见过她，她来城里了。她让我记起菲克雷、孩子们和我第一次去她家吃饭的晚上，菲克雷是怎样欣喜地迷失在他们的古地图集中啊。他是一个地图迷和地图集迷；他是一位制图员和编目员；他是一只脸颊里含着坚果的松鼠。

他认识各种各样用来制作画笔的动物，并且有所偏好。他是一位鉴赏家，我是一位美食家。Connoît 意为知道。伊壁鸠鲁派的享受无与伦比，他们却是唯物论者。我有时是个爱享受的人。而无疑，依恋即受苦。

那些画笔，我感觉，含有他的 DNA，所以扔掉它们我感觉有些不对劲。但我不能保存它们；它们沾满颜料变得僵硬，当然不能用，不美观，尽管有趣。

很长时间以来，我迷上冰冻的长毛猛犸的故事，科学家们是如何用吹风机将它解冻，从它的毛发中提取DNA。现在我读到他们已经在一头一万岁的长毛猛犸体内发现了血液。他们会提取DNA，最后使一头大象受孕并植入一个卵子。

我想知道关于长毛猛犸的每一件事。我得找到一位古生物学者。然而，知道的越来越多，就会阻碍感觉的通道。

画室里到处是菲克雷的DNA，他握了那么多个小时的画笔中也是。

我们既不能保存也不能复制它。没有冷冻精子。无论如何，我们能够克隆的那个生物永远不会是菲克雷。

我告诉埃琳娜，我看到那个身体，里面没有他。我知道灵魂存在，但身体仅是身体；灵魂离开后我看到他的身体，明白了我们的身体是灵魂拜访的器皿。

然后它们去哪里呢？

或者它们是否死去？我们的身体是唯一的主人吗？

每天我都听他会喜欢的音乐。今天是埃斯佩兰萨·斯波尔丁的《苹果花》，当我仔细聆听，我意识到它讲述了一个死去爱人的男人。副歌：

现在他站在苹果花下
在他们过去每年常常散步的地方。
他告诉她夏天和秋天，
他心中的冬天，
以及他们的苹果花。

我们过去常常一起在格罗夫街公墓散步，现在他葬在那儿，有一天我会在那里和他会合，有时我坐在树下，安静而小心地讲到我们之间重要的事。"他心中的冬天"似乎是我为他哭泣时我胸中感受到的最真实、最完全的描述。

整理完画室后，我更深入地打扫了没完没了的房子，一点一点面对它。我打扫了食品储藏室，发现过期的烘焙用品：菲克雷对埃米和乔安妮送我们的面包机很兴奋，所以按照他的方式成了一名业余面包制作专家。他买了两种品牌的酵母粉和固体奶粉。他阅读关于如何制作发面面包开胃小吃的书。他买了小麦、白麦、黑麦、斯佩耳特小麦面包粉和米粉，尝试为埃米和乔安妮的女儿玛丽娜做五谷蛋白面包。我将所有过期的面粉都扔了。它们闻起来轻微变质，但并不难闻。它们闻起来像加了酶。我想起谷物是活的，是细菌的寄主。事物在它里面生长存活。

然后，更多东西被扔掉，他永远都不会准备的甜点材料。

杏仁酥，扔掉了，用于制作他承诺的杏黄色杏仁蛋白糖馅饼。

海枣和甜菜糖，扔掉了。

未加糖的椰子，扔掉了，它看起来像变成了细沙，他用这个做他优雅的虾仁巴卡，传奇之原料。

当我清理时，我的学生凯瑟琳从楼上他的画室下载了上千张CD，将它们存到某个称为云的外部空间。所有他听的音乐，他声音的DNA。凯瑟琳参加了"今日美国黑人"讲座课，菲克雷死后一周我回到这堂课作最后的讲座。我终归写完了讲稿；我需要写它，去到他们中，做了我紧张的十三周的亲爱的学生，去上这学期最后一节课。讲座后，他们每个人都排成队，庄严地同我握手，或拥抱。没有一个人情不自禁地哭泣，我也没有；他们赋予我他们的力量；他们将我高举。

我是这样结束那个讲座的：

"不要忘记喂养野生神灵"作为一个恳求或一个不断重复出现的开场白，在伊什梅尔·里德的伟大小说《巫神》中。这个句子清楚地说明了记得尊敬神一般的先祖力量的必要，这力量引领我们穿越我们当代的生活。他们祭坛上的祭品可能是水果或鲜花，鸡或酒；从隐喻角度来看，祭品也可能以艺术的形式被发现，呼唤名字是对死者的尊重，使他们停留在近处。

这是贾森·莫兰的《摇篮之歌》。仔细听（我播放音乐）。《摇篮之歌》出现在专辑《常驻艺术家》中，是这位钢琴家在他深爱的母亲死于癌症后录制的，她对他影响深远，一位相对年轻的母亲。《摇篮之歌》是一首粗犷的独奏，在这位学生学得足够好、能够完全流畅地弹奏前，听起来就像一位成年学生在简易钢琴上的变奏曲练习，也许是一首肖邦练习曲的变奏，它包含了紧张的铅笔书写声音的录音。据莫兰所说，这意在代表他母亲在他小时候的音乐课上的书写和做笔记。这个非常非常小而寻常的声音——代表了他母亲的手——在音乐中得到召唤，跨越生死之线，在那声音中，她出现了。书写的声音是录音中第二种乐器；于是钢琴独奏变成了二重奏，当他学习成为一名钢琴演奏者时，母亲坐在儿子身边。如果母亲坐在她年轻的儿子身边做笔记，促使他前进并陪伴他的学徒生涯，那么录音中她的声音也使他得以在她死后创作音乐。

当日子逐渐消逝，艺术代替失去的光，时间流逝，瞬息即逝的非凡创造它的水银。艺术试图捕捉那些我们知道离开了我们的东西，当我们从彼此的生活中进进出出，当我们最终都必须离开这土地。伟大的艺术家知道那阴影，他们总在消逝的光中工作，但总是知道白天带来新的光，冲走沙滩上一切痕迹的海洋给我们留下一块新的、带着波浪的画布。

这是事实：在这个国家黑人更容易死去，无论哪个年龄段，无论性别。看看年轻黑人是如何死去，中年黑人是如何死去，以及黑人妇女是如何被 HIV 或艾滋病蹂躏。这些数目被嫁接于贫穷，也嫁接于已知和隐形的压力中。我们究竟如何到达这里？不是翘着下巴带着明亮的双眼，而是铐着锁链，穿越深坑。但我们做了什么？我们建造了一个国家，我们创造了它的艺术。

因此，在某种程度上，无论说或不说，黑人艺术家都在与死亡竞争，与死亡赛跑，在我们称为祖先的幽灵中写作。我们倾听那缄默并创造那种艺术。"不要忘记喂养野生神灵，"

伊什梅尔·里德写道，所以通过艺术创作我们喂养我们的祖先，在祭坛上留下水和一些我们为他们做的食物，让他们指引这工作。我们听；我们急于创造。

幸存者们站在炫目的失落之光中，大吃一惊，但他们目睹了一切。

黑人民间诗人是我们的祖先，当他们说每一只闭上的眼并未沉睡，每一次道别也并非离别，他们说出了真理。

就是在这种环境中，我遇到凯瑟琳。最后几个月她多次问我，"我能怎样帮助你？"在家，在工作室，或在学校我的办公室。

所以现在，她日复一日来到这里，带来两大杯"邓肯甜甜圈"的冰咖啡，一杯给她一杯给我，然后去她的车站，戴上耳塞，一连几个小时高兴地一首首下载音乐，通过每一个车厢，了解这个她从未见过但现在通过他的绘画、他的空间、他的音乐和他的家人而认识的人：他留在地球上的一切。

V

李　花

一

　　在邻居中，我们的房子与众不同：人们不在这里居住太久，在这个社区，只有教授们买下这些可爱的房子并倾向于永远留下来。当菲克雷和我选择埃奇希尔路150号时，我们感觉能看到我们的一生就在我们面前，我们的孙子孙女来自那里，睡在他们父亲童年时睡过的完好无损的房间。我们寻找一张足够大的桌子，用来在餐厅举行朋友和大家庭宴会，我将餐厅漆成一种我称为"威尼斯粉"的颜色，为菲克雷。我们很享受我们作为指挥中心的角色。

　　我们四口之家只在这里住了两年，接下来的一年四个月零五十天是三口之家。

　　之前的家庭住在这里时，阿奇毕晓普·德斯蒙德·图图曾有一晚来作客。还有其他居住者在场，有人告诉我们，桑顿·怀尔德在那间面朝后院的大房间组织了剧本创作研讨会。我们家用黑眼豆和歌唱庆祝了两个新年。我们的房子是有钢琴弹奏的地方，我们有时在餐桌旁读诗，还有一次我们端上如此可口的椰子蛋糕，以至于我们的客人因想起他的祖母而哭泣。在这屋子里，我们围成圈跳传统的厄立特里亚 guayla 舞，朋友们在这里伴着乡土爵士乐舞蹈，直到窗上起了一层雾。

在这屋子里，菲克雷制作红色小扁豆，炖辣牛肉，意大利肉酱和咖喱蔬菜炖 alitcha，我则按照他教我的方式，做帕尔玛干酪茄子和米兰煎鸡肉排，用花园里的罗勒做意大利松子清酱，蓝莓蛋糕，巧克力巴甫洛娃蛋糕和顶层撒盐的巧克力曲奇饼干。家，甜蜜的家，当我们走过那扇门时，孩子们和我依然会这样说，就像我们每次旅行回来他所做的那样。

菲克雷的意大利语流利而富于表现力，这是他的第三语言，纽黑文提供了现成的意大利对话者。康涅狄格州有着美国第二多的意大利人口，仅次于罗德岛。在纽黑文，菲克雷大部分日子里会说一些意大利语。当我们刚搬进利文斯顿街的公寓时，木匠卡洛会来访。我喜欢做一个美丽、怀孕的家庭主妇，为他做美味的蒸馏咖啡，用红色的搪瓷杯端上，加上小小的杏仁曲奇。卡洛上了年纪，满身病痛，满腹的抱怨和下流故事，当我离开房间他就会对菲克雷讲。他使菲克雷开怀大笑。我们要他做一张餐桌给我们，由菲克雷设计。好几个月他都会来，喝几杯咖啡，和菲克雷谈论餐桌，它就快做好了，搞定了，搞定了。我们继续盘腿坐在地上吃东西，在一张优雅的斯堪的纳维亚中世纪现代咖啡桌上招待我们的客人，菲克雷在古德威尔发现这张十美元的桌子，得意地翻新了它，直到清晰的线条显露出来，镶嵌的木头闪烁。就在所罗门出生前一天，卡洛激动地打电话给菲克雷：我已经为你做好了！准备好了吗！然后他来了，带来的不是餐桌，而是一个手工制作的婴儿摇篮，他的签名刻在底面的木头上。

我做了一个梦，梦中时间一片混乱。开始，我在菲克雷的画室里，他已经死了。我发现他的三幅绘画作品，都是取材于一个意大利裔美国人的民间生物，一个类似跳跃婴儿的东西。在梦中，是夏天清早的光，但画室已经开始变热了。

然后菲克雷又活着，他四点半起来，下床去喝咖啡，这时鸟儿开始歌唱。一天结束时，他从工作室跳着回家了，因创作意大利绘画而激动。你好，亲爱的。一个亲吻落在唇上。你回来了，亲爱的，仿佛什么也没有发生过。他准备做晚餐的红小扁豆。

在这个梦里，我们就住在他画室的街对面。我们想要的一切都触手可及：工作，厨房，露台，彼此，夏天的光。我怎能离开这房子的宁静？我琢磨着。我从未住过如此美丽的房子。我从未感到如此满足。

辣红小扁豆和番茄咖喱

作者：菲克雷

准备时长：15 分钟

烹饪时长：4 小时 20 分钟

总时长：4 小时 35 分钟

分量：4—6 人

不要因这漫长的烹饪时长望而却步——通常，一旦你将菜切碎，你所需做的就只有偶尔检查菜是否炖好。如果要缩减烹饪时长，你也可以使用商场买的蔬菜高汤，而不是自己制作（你会需要 2—3 杯）。注意番茄糊：尽管在美国它并非极为常见，我在这个区的全食超市和另一家杂货店找到了。它是一种番茄泥，跟番茄酱和番茄汁类似——主要区别就是番茄泥中的番茄是未煮过的，没有加入传统原料，不像番茄酱那样煮熟。如果你找不到，你可以用番茄汁和碎番茄代替，当然味道会有所不同。

原料

高汤所需食材：

2 个茴香头

2 个羽衣甘蓝头

1 个黄洋葱，切成大片

2 根大胡萝卜，切成大片

1 根芹菜茎，切成大片

4 个蒜瓣，切碎

番茄咖喱汁：

24 盎司番茄糊

2 根胡萝卜，切碎

3 个蒜瓣，切碎

2 大汤匙咖喱粉

半茶匙红辣椒

半茶匙红辣椒粉

2 杯干红小扁豆

1/4 杯新鲜芫荽叶，切碎

适量盐

操作指南

1.在一个大锅中，将前 6 种原料混合，

177

加入足够的水，盖过蔬菜大约半英寸。让食物炖4个小时；

2.当食物炖了1个小时后，你需要开始制作番茄咖喱汁。将番茄糊、2根切碎的胡萝卜、3个切碎的蒜瓣和香料混合，放入另一个大锅，炖3个小时；

3.在番茄咖喱汁中加入小扁豆，再炖20—30分钟，按需加入食物煮至变少（大约2—3杯）。混合物应该浓稠如奶油，不能多汤也不能太干；

4.拌入新鲜芫荽叶，从火上移开锅。加适量盐调味。将小扁豆和印度香米一起端上。

二

从第一节普拉提课出来，我非常兴奋，血液奔流，身体舒展，昂首挺胸。这是很长以来我第一次甩掉自我并忘记自我；我迫不及待打电话给菲克雷告诉他，然后我的眼泪很快流下来，刺痛眼睛。

里尔克使我惊奇，他在《时间之书》中的感受多么真实和现代，他写下这些诗，宛如获得精神交流或祈祷：

让一切在你身上发生：美和恐惧。
继续吧。没有任何感受是终结。
不要让你失去我。

附近是他们称为生活的国度。
你会通过它的严肃认识它。

给我你的手。

对于里尔克，上帝是同伴，是劝说读者紧握的那只手。菲克雷不是我的上帝；我也不知道上帝是谁。但我在艺术、诗歌及我创造的社区中找到这力量。

当我们许多年前相遇，我让一切在我身上发生，那真美。道路沿途，有更多的美，恐惧和挣扎，工作，学习和欢乐。我无法阻止菲克雷的死，无法阻止这发生在我们身上。它发生了；它是我们的一部分；它是我们的美和我们的恐惧。我们必须成为拾穗者，在生活放置于我们面前的事物中耐心拾穗。

如果没有任何感受是终结，就有更多等着我去感受。

三

一日之中有多少空闲用来回忆？应该有多少？我在我的诗歌中思考这个。我不想成为一个怀旧者。但我以记忆为食，我需要它来创作诗歌，那由我所拥有的东西创造的艺术：我的生活及我周围的世界。

我感激日子将我们从被窝猛拉出来，驱使我们进入我们的生活和责任；记忆是其中的一种重负。然而，它在其中泛滥，被有意记起，或被一瞥，一个扫视，一种气味，一个声音带来。一个音符：他嗓音的音色。

永远不会有再见。然而它会将某些东西关闭，因为我们已搬到纽约，我感到它急迫的挤压离我更远了，即使我知道那悲伤持续，一个巨大、盘根错节的、多分枝的珊瑚，锋利而美。

我们将他留在了花园里吗？我们将他留在了格罗夫街公墓吗？

那天我们装好车，转动钥匙，准备离开城镇，我们计划去墓地祭拜，但由于和一位医生的约定而耽搁。墓地关闭了。卡梅伦先生一直是看门人，大概九十岁，他早上六点来，一周七天，三点四十五分关门。

"没关系，"西蒙说，对着所罗和我的心烦意乱，"要是我们现在不能离开，我们就永远也不能离开了。"

然后他说："那个坟墓使我想起父亲的死亡，但我想记住父亲的生命。"

我告诉他们没有人，即使是我，能够告诉他们应该何时或多久去他们父亲的墓地祭拜。

我们选择了红色印度大理石作为墓碑，我们还用它做了一张长椅，我意识到，当我们选择了长椅，这个地点就有了一个双重情节，有一天我的孩子们会将我埋在这里，在他们父亲旁边。我们选择了他画中的一个睁大眼睛的新科普特天使，雕刻家将它蚀刻在墓碑上。另一边蚀刻着菲克雷的话，来自于他给我们床边制作的一幅小画："我带着感激醒来，因为生活是一件礼物。"

我们为墓旁的长椅选择了"美人啊，你是世界之光！"这句引文，来自我的老师德里克·沃尔科特的一首诗，菲克雷和我敬畏其语言。我们所遇到的兴奋，以及美本身，我们共同追寻并试图在我们的作品中再创造的事物，它照亮这个世界和他深知的黑暗。这首诗比任何圣典都更好地说出了它。

美是被爱的人，美是美本身，在其自然状态之中，如被造出的那样。

菲克雷的绘画作品源于自然之美——水上有那么多船，那么多领域——但也源于一个深远的想象空间。你瞧，一条鱼的影子，却是一条不可思议的鱼，它逆流于潮汐，向着它自己那无法解释的方向。菲克雷走上了自己的道路，开辟了自己的航线。

当我坐着，独自与这些话语在一起，我想到他在那么多方面有多勇敢，他每天带着他的恶魔与天使走进那间画室，努力将它们放到油画布上，这多么勇敢。"Nulla dia sine linea"：没有一天离开线条，这是艺术生联盟的格言，来自于老普林尼，源自于希腊画家阿佩利斯。献身于艺术。

打包时我发现他拍的照片。他的镜头在聚焦一个八岁男孩的手中，焦距拉得很近，以至于我们可以看见那个九岁男孩[1]所读的书上的字，书名是《借东西的小人》。窗外的风景在一次家庭旅居中缩放，变得模糊，正如周围的一切，但带着鲜明清晰的闪光。他更近地看着那手，因此现在他向我们展示出毛孔。他爱他妻子的红色皮夹

---

1 此处系原作者之误，应为"八岁"。

和红色绒面革手套。他拍摄埋葬于威尼斯的伟大俄国艺术家的坟墓：伊格尔·斯特拉文斯基，谢尔盖·迪亚吉列夫，约瑟夫·布罗茨基。他继续看着，继续拍照，也和每一个人加深了亲密。还有一张一个男孩的数学书的照片，是其中一页的特写镜头。它始于一个单词问题："玛丽买了三码的布。"而后是数字，以及被他的相机拍摄得迷人的斑点。

他大概在玩弄那些数字。是的，他喜欢彩票。他生命的最后一天还因彩票而不安，不停地说他得为我赢得彩票，并跳起来去买更多彩票，然后坐下来使它们的魔法运转。

菲克雷在我身上看到了什么？为何那天在咖啡馆他来坐在我身边和我说话？我刚剪了所有头发，那远远超过肩膀的头发；我重新开始，我新修剪过的；我的头只属于他。时间延伸又延伸；我走向他，然后停留。

我了解了厄立特里亚，一个极小的国家，我们在1998年的边界战争中动员，尽可能多地去帮忙，收容亲属。

当读到一位厨师母亲的女儿成为一名厨师时，我想到味道以及它是如何形成的，但它也像性欲一样独特。我们的喜好如何形成？那个使我突然冒汗的独特生物学，或我喜欢被如何触摸，它正如你喜欢多少盐一样怪异。菲克雷不喜欢盐，他很自豪。西蒙喜欢盐，吃盐，正如我母亲，她从商店回家的路上吃了一整包薯条。火炉边，菲克雷的手放在他母亲肘部，轻碰澄清的黄油长柄勺以便更多黄油落入罐中。更多，更多。他的身体是如何组成，它是如何分解脂肪或不分解脂肪。他因蓝莓和酸奶而胆固醇出问题，而他生活奢侈的妻子却没有。

富足。我们那时的生活情感富足。

现在我从前往后回顾。某些东西逐渐消失，不是对他的记忆，而是记忆的重压，写作的紧迫，他的亲近。他在空气里的某处，但也不在。他五十岁而我五十一岁。他在绿色的后院微笑；现在他的花园不再长高，一点儿也不再生长。他是起居室里的一张相片；目前，他静止。

但他总是以某种方式静止着，一颗北极星，一个指南针，总是忠诚而可预测。我一定需要过那个；我曾和我的母亲开玩笑说，要是我父亲说他会十点接你却到了十点零一分，你会知道他死了，他是那样守时，因此那样可信赖。我的父母从不会不回电话，不会不回复，不会从地图上消失，不会不结账就退房，菲克雷也是如此，永远不会。即使是在我们最糟糕的时刻，他也是核心，在那里，扎根于家，与我们在一起。

我从未有一次怀疑过他，因为这就是他让我感觉到的。所以我向前行走，知道我曾被爱着，而因此依然被爱。

四

2011 年 5 月。贾森·莫兰和米谢尔·恩代戈塞洛弹奏费兹·华勒，我们整夜在哈勒姆门楼跳舞。

那些在我们中移动的舞者是不是真的用棍棒举着特大制型纸面具？

米谢尔是不是真的从舞台上对你说，看看你，穿粉色的兄弟，那样爱你的女人？

博比·欧是不是真的也在那里，穿一件奶油色夹克，戴一顶美丽爸爸帽？那晚我们在一阵高烧、一个梦中跳舞。职业舞者过来，牵着我的手，将我引向令人着迷的舞池。那是春天的开始，邋遢而潮湿的初始。

纽约纽约，梦之大城。

两个春天后，我在土地上寻找你，十字街头，我在我的内衣抽屉的一个贝壳里找到你，几日的温暖后，牛至和四季葱从冬天的花园里冒出来，粉色菱形花纹毛衣折叠在雪松树干中。不——这是我们将你埋葬其中的毛衣。

冬天的花园现已夷为平地，被清理，你不再在那儿，这个春天也不在那儿。

4月1日，4月2日，4月3日，4月4日。

不，开始计算你的生日聚会，3月30日，3月31日——

不，开始计算你的生日，当我们给你端来咖啡，在被窝吃东西。

3月21日，你五十岁生日。

亲爱的。

五

　　莱斯利和道格拉斯为我们在他们布鲁克林的家中举办了欢迎来到纽约的聚会。我们吃撒了石榴籽的鹰嘴豆泥，碎羊肉面饼和意大利黄油曲奇。巴勒斯坦食物来自贝·里奇，曲奇来自相隔几户人家的一间令人尊敬的意大利面包店。我们喝嘶嘶冒泡的鲜红兰布鲁斯科，每一口美味中都有秋天和夏天的味道。

　　朋友们从这里、那里和远处出现。新朋友，老朋友，老同学，以前的学生。曾经的亲爱的学生都长大了，他们是我生命中最喜欢的一类人之一，是漫长的教学生涯中最大的奖励。菲克雷喜欢我是一名教师，并总是欢迎我的学生到我们家去。

　　文森索和亚历克斯来了，带着他们的两个幼小的女儿。文森索和菲克雷爱慕彼此。文森索是我的朋友亚历克斯的西西里岛丈夫。自从菲克雷死去，愚蠢的词语"兄弟情"流行起来，要是当他和文森索相遇时这个词流行，亚历克斯和我可能会用它来描述我们的丈夫对彼此感觉到的即刻的吸引力。两个都是艺术家，都充满深情，都是崇拜女人的一夫一妻论者，都是唯美主义者，都是善于解决问题和决策的人，都不被拘束，都不矫揉造作，都相似地谦逊，相似地引人注目，都是恋家的生物，都是热诚的厨师和食客。

自菲克雷死后，我们第一次看到文森索，因为事情发生时他去了国外，在这期间，他和亚历克斯已经有了两个背靠背的女儿了。亚历克斯参加葬礼时已到了孕晚期，我记得我看到她脸上的悲伤时那种想保护她的冲动。

"真美！"文森索说，双手捧着我的脸，以亲吻来问候我，我抱着他又很快放开，因为我知道我停留哪怕是片刻我们就会哭。

"嗯，孩子们真美，令人惊叹！"他大声说道。"我要他们四处走走，不要像阿姨样坐在椅子里。"他身材高大、有趣、健谈而率直。他们最后一次拜访我们时，他和菲克雷躺在地上，在菲克雷种的开花的棶木树下喝葡萄酒，大笑着用意大利语聊天，有时手牵着手。哥哥这个，哥哥那个——兄弟情。

当他们离开聚会，文森索的小女儿们把她们松松的卷发、穿孔的耳朵和糖果般的裙子搭在他身上。如同菲克雷，他也是个对孩子们有亲和力的人。他抓住两个男孩的脖子，用力地亲吻每个人的脸颊来道别。我想，自从他们父亲去世，家庭以外再没有人这样亲吻过我的孩子们。

　　我们最爱文森索，孩子们后来跟我说，当我们事后想起这令人激动的欢迎聚会时。他让我们想起爸爸。

六

菲克雷，你会爱上这玛奇雅朵咖啡：非常光滑、浓厚，没有刺激感，香醇特浓又略带苦涩，带着诱人的溅开的牛奶泡沫，静止在小小的白色杯子中心。你会爱上上西城这家大理石顶的意大利咖啡厅，正如你热爱上西城和它所有的民族、欢乐和舒适。我想说，你记得你带我去百老汇那家你非常喜爱的汉堡店的时候吗？你和我分享你拥有的一切，你无限的内心世界，每一个小小的洞察和意见。这就是爱。谢谢你，亲爱的，谢谢你。

在纽约形形色色的街道上，在一瞥之中，我看到令我想起他的人们：老年的菲克雷，穿一件他特别喜欢的大衣，戴一顶绅士帽。非洲人菲克雷走在这座城市。我看到一个可爱的褐色秃头，或微微跳跃着的阔步。他轻快地走着，珍视这轻盈的脚步，正如他珍视轻声。他多么蔑视不必要的大声啊。他闪现在这复杂的大都市，但他不在这儿。

我们的侄女迈洛伊发给我一段语音邮件信息的谷歌声音录音,是他在复活节前几个月发送的。"你好亲爱的,我来谈谈我们大斋戒午餐的日子。我们一起做一盘红色小扁豆怎么样?做这样的菜只要五秒钟。莉齐五点会回家。"

我不知道这些记忆是否是有限的,这就是我不断写下它们的原因。回忆之篮有三面;一面打开,它能够倾斜并洒出来吗?篮子里再没有什么了,我和菲克雷的生活结束了。

除非它没有结束。除非我不断从那些绘画中一次又一次认识他,在这写作中,在我脑海中。痕迹无处不在,出乎意料。我偶然发现一位年轻女人为她的食物博客对菲克雷进行的采访,"激动人心的煎饼。"他教她如何做红色小扁豆。他是一位不情愿的被采访者,但当他回答她的三个问题时,他从他的中心说话,向她描述我们世界里的他:

三个快速提问以及菲克雷的回答

这是你最后一顿饭。你会吃什么?

大概是这道菜。这是一道很棒的菜。还有很多我本可以做的东西,它们使我想起我的父母,但我认为这道菜是最好的。

你的厨房烧毁了。你会拿走哪件东西？
这里的这件艺术品（对着一幅水彩画打手势，一头猪坐在一座山顶的一个大花瓶边上）。我们的儿子西蒙在他七八岁时画的——我们叫他"我们的超现实主义者"。这里其他一切都是可替代的，但西蒙永远不会再是七八岁并画下这幅画。

你有最喜欢的烹饪书吗？
我不确定——不回答行吗？我的妻子使用大部分烹饪书。她喜欢尼杰拉·劳森，说她是女歌唱家。但我必须承认《如何成为一位家庭女神》是一本非常非常机智的书。然而，通常，我并不是一位特别相信食谱的人。我发现它们有些控制人的精力。

当我奔跑着追逐百老汇上的一道光，我在一家橱窗中瞥见自己。我的臀部在那儿，不容置疑而骄傲，那里还有我那努力工作着的健壮的双腿。"Douba，doubina。"我听见菲克雷说。Douba 在厄立特里亚语中意为"南瓜"，当他使用时，它是对有着曲线美的人的爱称，黑人称为"厚"或"砖房"，但更温柔。厄立特里亚人在描述一个人的身体特征时非常直接。如果有人体重偏重，他们可能被当面形容为"丰满"。这仅仅是描述。

我们第一次相遇时，我们告诉彼此曾经的每一位爱人，每一次热恋，每一次约会，每一次心碎。当我告诉他之前那个我曾最爱的人，他在我极度心碎后来到，他说："祝福他，因他在你需要时爱你，治愈你，使你准备好遇见我。"一切都被坦诚相告！这样我们就可以有新的开始。

七

  每个清晨，每个黑夜，我睁开眼又闭上，看菲克雷的画《显现》。它以寓言诠释了我们在州府街画室的第一次相见，那时我穿过"福斯特·坎德尼斯"之门进入我的未来。画中，一个男人和一个女人带着祭品相遇。女方带来鲜红的番茄，她的生殖力在子宫中被双手托起。她浑身洁白：约鲁巴女神耶玛亚之白（背景附近是蓝色的），以及奥巴塔拉之白，所有人类身体的创造者。那个严肃的褐色男人谦逊地看了一眼盘子。这就是菲克雷给予我们所有人的，他双眼看着世界。我们站在他的身体里，有幸能看到他的所作所为。这只眼也是一座圣像，一只防护的邪恶之眼，守护者将他给予他即将来临的家人。正如他的许多画那样，他创造了一座精神之屋。

  尽管这对男女第一次见面，他们被他们即将拥有的孩子们的影像包围，他们的儿子们被画成天使，因为在菲克雷的画中，祖先出现或在场的风景中处处有天使。

花瓣雨一般覆盖女人的空间，使她熠熠生辉。《显现》有着菲克雷独特的感受，埃米在他的作品《一切》中形容过这种感受，称其与意大利艺术家阿利吉耶罗·埃·博蒂的"世界地图"有着亲属关系。它们共有一种对美的坚定不移的信仰，在流溢中，在万事万物中，在迸发之中，不可磨灭的美在一个充满如此多苦难、伤害和疼痛的世界里。

八

于是故事结束了，或暂停了，因为我们知道它是一整个长长的故事。

孩子们和我已搬到纽约。今天我们望向窗外的哈德逊河，等待另一场飓风，天空变成淡紫色和橙色，菲克雷的色彩。雨最猛烈时，我们感觉他在身边。孩子们比周围任何人都长得高，成了年轻人。他们的外祖父八十岁了，和我母亲一道乘着马车离开了他们在华盛顿居住了四十二年的家，我在那里长大，又回到纽约——他们祖先的大都市——和我们一起成为大家庭，正如菲克雷一直想要的那样。

纽约也是一座召唤菲克雷的地方，一个有神话的地方，一个人人都属于它的地方。我现在住的街区满是剧场和带着巨大乐器盒走在街上的学生。舞者在林肯中心广场单脚尖旋转，梦幻般地咔嗒咔嗒走下街道。他们是孩子，在创造艺术。在艺术学生联盟，菲克雷是其中之一。他虽然再也不是孩子了，但他永葆一颗赤子之心。那罕见的结合，符合他在黄道带上的位置。古老而全新，任何认识他的人都会那样说。

我在纽约，在我出生的地方，在我几十年后试图返回的地方。"欢迎回家。"许多次别人对我说。甚至那些不知道我出生在美国哈勒姆 135 街 15 号的里弗顿公寓的哥伦比亚长老会医院的人，我父亲也在这里出生。菲克雷和我从未一起来过这儿——我们计划在孩子们高中毕业时再来。

死神坐在我的新卧室角落的舒适的椅子里，抽着一根烟。是他，动作优雅，衣冠楚楚，戴着一顶毛毡檐帽。当我在午夜醒来，他在那儿，静静坐着，他在纽约的灯光中呼出一缕烟圈，飘在百叶窗中。

开始看到他时我吓了一跳。他坐得如此之近，如此自在。但他并不朝我走来，他仅仅和我一起。所以，最后我继续睡觉。他哪里也不去，也不会带走我。早上，椅子空了。

哪一个更为强大？坐在角落的死神，或纽约的生活？死神，还是我十几岁的、在隔壁房间沉睡，一夜长大的孩子们？"我喜欢计划！"我的新朋友埃斯特兴高采烈，我也是，因为现在我觉得计划是站在我和我生命终结中唯一的东西。我不会一夜死去，因为下周三我要和埃斯特到斯万画廊去看19世纪美国公文拍卖。今夜我不会死去，因为我已将鸡肉拿出冰箱，西蒙晚餐爱吃烤鸡和米饭，我答应他会做。今夜我不会死去，因为星期六法拉和我会穿上厚衣服冒着大风去河边散步，继续我们几乎三十年前开始的谈话，那时我们都在研究生院，我甚至都不认识我亲爱的菲克雷。

在鱼市，我第一次看见鱼卵和扁平的西鲱。每年春天我都会例行做一顿西鲱，正如我母亲过去常常那样。我将培根炸脆，将油脂倒出来，让平底锅保持光滑，在带血的脆鱼卵上撒上面粉、盐和胡椒，然后放在培根锅里和洋葱一起煎，一边烤西鲱。我将它和抹了黄油、欧芹煮过的新鲜土豆和蒸芦笋一起端上。

我第一次给菲克雷做这道菜时他怀疑地看着鱼卵。他知道它并不是他童年时期的宗教禁止食用的水底觅食贝类之一，他的宗教还禁止他吃猪肉，但我会让他克服那个，一起吃培根。他的好奇心常常胜过习惯，他被深深吸引，当看着那光滑的肉变成褐色，感受卵囊在他嘴里爆裂。这使我想起我第一次怀孕时他给我做我此前从未喜欢过的肝脏，那时我渴望肉、血和必要的铁。他用蒜、柏尔酱和橄榄油制作它，将它条条炸脆，拌上很多欧芹。

"死去并不容易，亲爱的，"菲克雷过去常常对我说，当我恐惧黑夜，在惊恐中醒来。"我看到人们活了下来，我知道的。"我总是做噩梦，唯有他的话和他的存在能使我平静下来。死去并不容易；事实上生命力是强大的，而我有生命力。这并非不可磨灭，但它可以这样显得。我们都会死去，但我们不轻易死去。

尽管他看起来像是溜走了，那并不会容易。他体内心脏的跳动已经完成使命，彻底停止，但在他五十年的岁月中，那个男人曾经活过。不够多，但已充足。他的一生有三项工作：作为一名激进主义者；作为一名厨师；作为一名画家。他用更加宏大的意义体系来理解自己：他庞大的原生家庭；他亲爱的祖国和人民。他找到爱人并成为一个新的大家庭和新的民族的一部分。他有了孩子并组建家庭，这对他而言是最重要的。

一座弗雷德里克·道格拉斯的雕像矗立在 77 街安静的纽约历史学会入口处，高大非凡。他是走向自由的人，我想，而我嫁给了一位走向自由的人。这自由的极点是爱和家庭。那是他所做的一切，那是他所做的。

我听见我对孩子们说话的声音，你们的父亲走向了自由。

我父亲八十岁生日时，我认出我和菲克雷相遇的那个房间，他告诉我，他对任何不爱和不尊重父母的人都不感兴趣。他在美国发现太多这样的事。

　　在纽约我感到巨大的欢乐，以及同样巨大的感激，因为菲克雷曾带我到这里，我很确定，如此确定，仿佛他在我耳边低语："去吧，莉齐。你比你所意识到的要勇敢得多。带着孩子们一起去。"

　　真奇怪，我们过去常说，真奇怪，我们怎么会出现在同一个地方并相爱？很久很久以前，绕过半个地球，两个女人在非常不同的地方同时怀孕，他们的孩子长大并找到彼此。这每天都在发生。

九

　　他在家最后听的音乐是优素福·拉蒂夫的《李花》。
从星期天早上到他生日后，这首曲子充满我们的家。即
使他死后，客厅里还有生日礼物丝带。礼物来自马库斯，
菲克雷在那个愉快的星期天一遍又一遍播放它。那声
音微妙而必不可少，一种简单的管乐音符，一种蓝色
的音符，即将来临又突如其来的某种东西，仿佛春雨。
它从容不迫。然后出现钢琴，非常轻微的打击声。这些
声音层叠在一起，构成一种平静而非凡的声音。拉蒂
夫弹奏世界上各种不同音乐传统的乐器，形成一种浑然一
体的声音。事实上你可以听到他在吹笛子的同时击鼓。
那重复的音乐是那个星期天我们屋子里温暖的人类的
呼吸。

　　菲克雷多年照料一株纳塔尔李树盆景。我们在新罕
布什尔州的朴次茅斯一家商店买到它，那是从缅因州的

愉快旅行回家的途中。它是南非品种，当我们在新罕布什尔州偶然发现它时，我们非常高兴。宝贝，非洲无处不在，他说，带着微笑。它带着尖刺而且没有花。两年里，菲克雷给它掐顶修剪，浇水，跟它说话，哄劝它变得健康并开花。他坚持让它生活在厨桌上，生活在我们生活的中心。

有天早上，我们下楼，整个一楼都弥漫着一种罕见而迷人的芳香。盆景已经开出它的第一朵光滑的粉色小花。它开了好几个星期，使我们的家芳香四溢。兰花会死去，我会将它们扔掉，但他会把它们安置在地下室，耐心地等待它们开花。"非洲人富于耐心，莉齐。"他会说，轻声笑着，但他是认真的。

菲克雷的书，中国哲学，有机园艺，罗马古迹，保罗·塞尚，哈德良长城，非洲字母表。当我和他在一起时，我感觉突然有了足够的时间：可以聊天，阅读，思考，睡觉，做爱，喝咖啡或茶，练瑜伽，散步。我觉得每个人跟他在一起都会感觉有世界上所有的时间。

我只能用美妙来形容我们共同生活的日子。我不想将那最后一个星期天确定为意义最重大的星期天，尽管我们不得不这样做。我想起我的朋友梅尔文·迪克逊——他也走得太快，因为艾滋病，在四十二岁——他的诗《触摸锯齿状的谷粒》，一种我带入我身体的召唤

和回答。"我做了什么?"我对着我的村庄呼喊。回答
传来:"你曾活过,你活过,锯齿状的谷粒,如此的黑
如此的蓝,仿佛将要歌唱的唇那样打开。"

十

为了欢迎我们到新家，爱着菲克雷的纽约朋友们来访。我们吃喝、欢笑、弹奏音乐。后来我由于太累，毫无防备地睡着了。

菲克雷来到我的梦中，从未如此生动。

他很激动：他刚被指定为一家有名的艺术馆的历史分部的主厨。他的工作是创造菜肴，以及将画作中的颜料与它们真正的历史源头相匹配。他告诉我赭色的历史：含铁的氧化物，一种不纯的黏土，形成了这种颜色，这解释了为什么在厄立特里亚是红色，而在法国南部是黄色。他所知的事物！如何用墨流纸技术制纸。哈德逊谷哪里有铸造厂会做失传的青铜打蜡。如何宰杀一整只羔羊和清理一个新厨房。如何做出一些我们记得的采石场那种大理石花纹纸和粉红、灰白和绿色封皮的小笔记本。

他爱我是一个美国女孩：高挑，健壮，阳光，牙齿好，乐观，会唱很多黑人咏礼司铎的歌曲和伟大的美国歌谣集。他爱我的忧郁，这忧郁看清这个世界，但却从未将我打倒。他知道得比我更多，如果不为他人谋利，我们并非注定幸存，但我来自幸存者。

那天早上晚些时候，我问孩子们：我们怎能如此快乐，当我们经历了这么多？森林没有枯萎。树木高高耸立。

在梦中，他拿起我的咖啡杯仔细检查；他死后我买下这个杯子；他发现手柄的弧线和淡粉，好看的釉质裂纹。"和我一起坐着，亲爱的，"他说，"然后喝杯咖啡。"

十一

我梦到我们在搬家，我们的四口之家：莉齐、菲克雷、所罗门和西蒙。

轻而易举。当我们整理和扔东西时，我们和孩子们一起大笑。菲克雷搬运大件的袋子和东西，这头非洲公牛，强壮而意志坚强。孩子们也像公牛一样行动。我们很高兴去我们将去的地方。

然后孩子们从梦境中消失，只有我们两人走在一条漫长而柔和的曲折路上，手牵着手。在路上一个分叉处，菲克雷松开我的手，挥手示意我前进。你要继续前行，莉齐，他说。我知道这是唯一的事实，所以我走了。

我回头看。我回头看。我仍能看见他，微笑着向我挥手示意。

曾经我们两个人走在那条路上，现在他松开了我的手。

　　我走着。我总是能看见他。当我前进时，他的体型没有改变：他五点九五英尺，正好这样。当我走路时，我仍能感到我的手在他手中。

　　我醒来，房间洒满淡金色的光。

译
后
记

完成《那世上的光》的译稿时已是秋天，窗外飘来阵阵桂花香。

这是一本回忆录，讲述了作者伊丽莎白·亚历山大和丈夫、孩子及其社群之间的点点滴滴，充满了人与人之间持久而纯真的爱，正如我们许多人渴望的那样。伊丽莎白·亚历山大是一位诗人，因而整本书并非单纯的叙述，它更像一首漫长的诗，灵动、诗意，充满深邃的思考和引人入胜的异域文化色彩。

故事始于身为美国黑人的作者和来自非洲的难民艺术家菲克雷的相遇、相爱和相知，到最后的生离死别，却不是简简单单的爱情故事。种族、家庭、社群及文化的认同感在他们的生活中扮演着重要的角色，也让他们的生活变得浪漫、多彩而富有活力。

但我们最终都会失去。伊丽莎白的丈夫菲克雷因心脏病发作而突然离去，留下她和两个孩子，这样的缺失对她来说是极度痛苦的。生活该如何继续下去？她也曾寄希望于梦境。但生活终究战胜了幻想，最后她决定离开他们共同建设家庭的地方。她写道："是时候暂时离开这栋房子，明白菲克雷所留下的现在有了不同的形式。它不再那么清晰，更多的弥漫，更为本质，更为浓缩。他的身体更少地在这儿，在那儿，而更多地，他在我们下面的土地和我们呼吸的空气里。"伊丽莎白重新回到生活当中，重新认识那不变的爱。是的，爱从来都不会消失，只是当现实改变，它会以别样的形式出现在我们面前。

最初得知书名时，并不知道它来自作者的老师、也就是我们熟悉的诗人德里克·沃尔科特的诗《世界之光》，一首令人动容而伟大的诗。读着伊丽莎白·亚历山大美丽的爱情故事，我也想到自己的生活，许多次感到恐惧，害怕失去所爱的人。然而，我们在这本书中感受到的热烈的爱和美，正是照亮这世界的光芒，它永不消退，让我们在平凡的生活中怀着希望，无论我们身在何处，经历着什么。

因为版权问题，本书在翻译时间上并不宽裕，但我尽自己的最大努力完成和完善译稿，希望将这本书以最完美的方式呈现给读者。对于其中仍然可能存在的欠妥之处，翻译和修订并不会随着这本书的出版而结束。

最后要感谢作者伊丽莎白·亚历山大向我们展现这个美好的世界，将我引向这本书的诗人译者胡桑，为这本书共同付出努力的编辑、工作人员和广西师大出版社，也要感谢我的爱人对我的照顾和包容。在国内，伊丽莎白的作品鲜有介绍。因为怀着理想，我们去做一些别人从未做过的事情，也许未来并不明确，但正因为如此，优秀的作品才得以有机会展现在我们面前，为我们提供思考这个世界的另一种方式。

桑婪

2016 年 10 月，衡阳

附：

《世界之光》

德里克·沃尔科特　作

黄灿然　译

来点卡亚[1]，此刻要来点卡亚，

此刻要来点卡亚，

因为下雨了。

——鲍勃·马利

当小巴播放马利的摇滚歌曲，

那美人悄悄地哼起叠句。

我可以看见光线在她脸颊上

游移并照出它的轮廓；如果这是一幅肖像

你会让强光部分留在最后，这些光

使她的黑皮肤变得柔滑；我会给她加一个耳环，

简单的，纯金的，以形成对比，但她

没戴任何首饰。我想象一股浓烈而香甜的味道

从她身上散发出来，仿佛散发自一只安静的黑豹，

而那个头就是一个盾徽。

1　卡亚（kaya），指优质大麻。

当她望着我，然后又有礼貌地移开视线，
因为凝视陌生人是不礼貌的，
这时她就像一座雕像，像德拉克洛瓦一幅黑色的
《自由领导人民》，她眼睛里
微鼓的眼白，雕刻似的乌木嘴巴，
身体结实的重要部位，一个女人的重要部位，
但就连这个也在黄昏里逐渐消失，
除了她轮廓的线条，和那凸显的脸颊，
而我暗想，美人啊，你是世界之光！

我不止一次想到这个句子
当我在那辆十六座位的小巴上，它穿梭于
格罗斯岛与市场之间，那市场在星期六买卖结束后
留下木炭似的粗砂和抛弃的蔬菜，
还有喧嚣的酒馆，在酒馆明亮的门外
你看见喝醉的女人在人行道上，结束她们的一周，
忘掉她们的一周，悲哀莫过于此。
市场在星期六晚上停止营业时
还记得煤气灯挂在街角柱子上的
晃荡的童年，以及小贩和人流
熟悉的喧闹，而点灯人爬上去
把灯盏挂在柱子上，接着又去爬另一根，

孩子们则把面孔转向灯盏的飞蛾，他们的眼睛
白如他们的睡衣；市场
在深陷的黑暗里关闭着，
一些影子在酒馆里为生计而争吵，
或为喧腾的酒馆里正式的争吵习惯
而争吵。我记得那些影子。

小巴在渐暗的车站等待乘客慢慢坐满。
我坐在前座，我不赶时间。
我看着两个女孩，一个穿黄色紧身胸衣
和黄色短裤，头发里别着一朵花，
在平静中渴望着，另一个不那么有趣。
那个黄昏我已走过我生于斯长于斯的
这个镇的各条街道，想起我母亲，
想起她的白发被渐浓的薄暮染淡，
还有那些倾斜的盒形房屋，它们似乎
就靠挤得密密实实而撑住；我细看过那些
半开着百叶窗的客厅和黯淡的家具，
莫里斯安乐椅，摆着千金藤的大桌，
还有一幅平面印刷的《圣心基督》，
小贩仍在向空荡荡的街道兜售——
糖果、干果、黏巧克力、炸面圈、薄荷糖。

一个头巾上戴着一顶草帽的老妇

提着一个篓，一瘸一拐向我们走来；在别处，

在一段距离外，还有一个更沉重的篓，

她无法一起拿。她很慌张。

她对司机说："Pas quittez moi a terre，"

她讲的是土语，意思是"别把我搁在这里"，

用她的历史和她乡亲的历史说，就是：

"别把我留在土地上"，或换一下重音，就是：

"别把土地留给我"（来继承）；

"Pas quittez moi a terre，神圣的公车，

别把我留在土地上，我已经累坏了。"

小巴坐满了不会被留在土地上的

浓重的影子；不，这些影子会被留在

土地上，还会被辨认出来。

被抛弃是他们早就习以为常的事儿。

而我已抛弃了他们，我知道

在海一样无声的黄昏，男人们

佝偻在独木舟里，橙黄色灯光

从维基海岬照来，黑船在水上，

而我坐在小巴里，我的影子

永远不能跟他们其中一个影子

凝固在一起，我已离开了他们的土地，
他们在泛白的酒馆里的争吵，他们的煤袋，
他们对士兵、对一切权威的憎恨。
我深深爱上窗边那个女人，
我多想今晚可以带她回家。
我多想她拥有我们在格罗斯岛海滩
那座小屋的钥匙；我多想见到她换上
一件光滑的白睡衣，它会像水一样倾泻
在她胸脯的黑岩上；多想
就这么躺在她身边，挨着有煤油灯芯的
黄铜灯盏的光圈，在寂静中告诉她
她的头发就像夜里一片山林，
她腋窝里有涓涓河流，告诉她
如果她要贝宁我会买给她，
并且永不会把她留在土地上。还有其他人。

因为我感到一种会使我流泪的强烈的爱，
和一种荨麻般扎我的眼睛的怜悯，
我怕我会突然泣不成声
就在这辆播着马利的公车上；
一个小男孩透过司机和我的肩膀
细看前面的灯光，细看乡村黑暗中

疾驰而来的道路，小山上亮灯的房子，
和密集的星星；我抛弃了他们，
我把他们留在土地上，我把他们留下
唱马利悲伤的歌，这悲伤真实如干燥的
土地上雨水的味道，或湿沙的味道；
他们的友善，他们的体贴，以及
在小巴前灯照射下的礼貌告别

使小巴充满温暖。在喇叭声中，
在音乐的呜咽声中，他们的身体
散发强烈的香味。我多想这小巴
永远继续行驶，多想没人下车，
没人在灯光照耀下道晚安，
在萤火虫的引领下踏上弯曲的小路，
走向有灯的家门；我多想她的美
进入木制家具体贴的温暖里，
走向厨房那惬意的搪瓷盘的
格格响，走向院子里那棵树，
但我要下车了。在翡翠酒店门口。
休息室将挤满像我一样要转车的人。
接着我将走上沙滩，伴着碎浪。
我下了小巴，没有道晚安。

晚安会充满难以表达的爱。

他们坐在小巴里继续赶路，他们把我留在土地上。

接着，小巴走了几米，停下来。一个男人
从窗口呼唤我的名字。
我走向他。他拿出什么东西。
是一包从我口袋里掉出来的香烟。
他递给我。我转身，藏起眼泪。
他们什么也不要，我什么也不能给他们
除了我所称的这"世界之光"。

著作权合同登记号桂图登字:20-2016-163号

图书在版编目(CIP)数据

那世上的光／(美)伊丽莎白·亚历山大著;桑婪译.—桂林:
广西师范大学出版社,2021.1
书名原文:The Light of the World:A Memoir
ISBN 978-7-5598-2995-5

Ⅰ.①那… Ⅱ.①伊… ②桑… Ⅲ.①回忆录-美国-现代
Ⅳ.①I712.55

中国版本图书馆CIP数据核字(2020)第127221号

出品人:刘广汉
责任编辑:刘 玮
助理编辑:陶阿晴
装帧设计:王鸣豪

广西师范大学出版社出版发行

(广西桂林市五里店路9号 邮政编码:541004)
(网址:http://www.bbtpress.com)

出版人:黄轩庄
全国新华书店经销
销售热线:021-65200318 021-31260822-898
山东韵杰文化科技有限公司印刷
(山东省淄博市桓台县桓台大道西首 邮政编码:256401)
开本:787mm×1092mm 1/32
印张:7.125 字数:116千字
2021年1月第1版 2021年1月第1次印刷
定价:58.00元

如发现印装质量问题,影响阅读,请与出版社发行部门联系调换。